DIE SCHLITZOHRIGE SPHYNX

MISS DOLITTLES GEHEIMNIS
BUCH 16

MOLLY FITZ

KATZENGEHEIMNISSE

ÜBER DIESES BUCH

Alles begann damit, dass eine auf Rache sinnende Möwe mit zwielichtiger Vergangenheit mir androhte, meine Hochzeit zu boykottieren. Ab da ging alles ziemlich rasant den Bach runter.

Eigentlich hatte ich immer davon geträumt, wie perfekt mein besonderer Tag sich gestalten würde, aber jetzt hoffe ich nur noch, ihn ohne größere Katastrophen hinter mich zu bringen.

Was sich als relativ schwierig erweist, wenn man permanent vier übermütige Katzen um sich herum hat ... zwei davon dermaßen liebestoll, dass man es schon nicht mehr mit anschauen kann, und zwei weitere, die nicht gewillt sind, mich als ihre neue

Stieftiermutter zu akzeptieren und sich nicht scheuen, mir das bei jeder sich bietenden Gelegenheit unter die Nase zu reiben.

Als dann auch noch eine gewisse Freundin samt Filmteam auf der Matte steht, um der nach wie vor erfolglosen Reality-Show ihres Katers zu weiterer Publicity zu verhelfen, möchte ich mich eigentlich nur noch verkriechen.

Wie wird dieser Tag wohl enden? Schaffe ich es vor den Alter, um dem Mann meiner Träume mein Jawort zu geben? Werde ich nicht nur *Ich will*, sondern auch noch *Ich kann* sagen und damit mein größtes Geheimnis preisgeben müssen ... meine Fähigkeit, mit Tieren sprechen zu können?

ANMERKUNG DER AUTORIN

Hallo. Danke, dass du dieses Buch gekauft hast. Wenn du ebenfalls ein großer Fan von spannenden, schrägen Tierkrimis bist, sollten wir unbedingt Freunde werden.

Wie wäre es, wenn du direkt einmal meine Facebook-Seite besuchst, die ich speziell für meine treuen deutschen Leser eingerichtet habe? Hier der Link dazu: **Facebook.com/Katzengeheimnisse**

Oder melde dich für meinen Newsletter an und sichere dir als Abonnent gratis ein digitales Geschenkpaket, einschließlich einer exklusiven Kurzgeschichte über Octocat: **Katzengeheimnisse.com/Abonnieren**

Ich bin sicher, wir werden eine Menge

Spaß miteinander haben. Also schnell umblättern ...

Wir sehen uns dann auf der nächsten Seite.

MOLLY

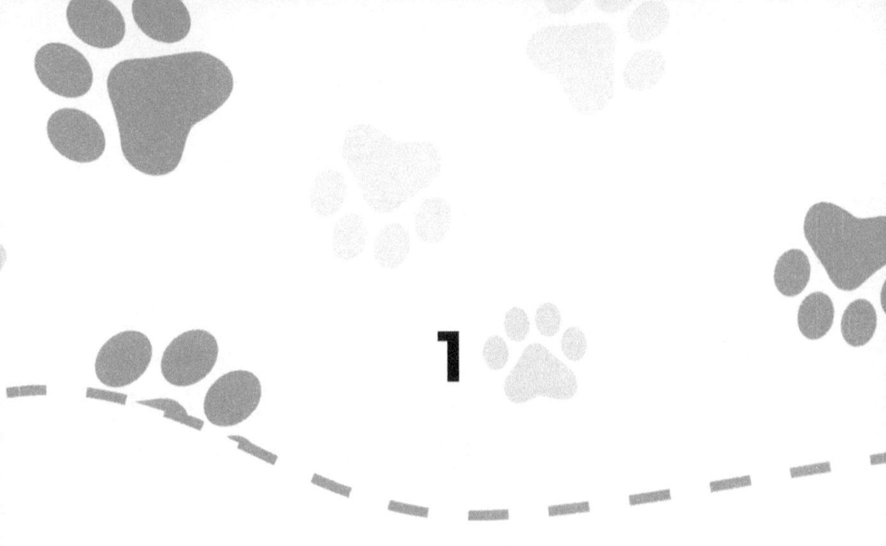

1

Mein Name ist Angie Russo, und in wenigen Tagen werde ich Mrs Charles Longfellow III. sein. Eigentlich kommt es mir wie eine Ewigkeit vor, seit ich in der Kanzlei auf den neuen, gut aussehenden Mitarbeiter aus Kalifornien traf. In Wirklichkeit sind seit jenem schicksalhaften Tag nur ein paar Jahre vergangen.

Und während ich mich sofort Hals über Kopf in Charles verliebte, brauchte er ein wenig länger, um zu begreifen, dass ich diejenige war, mit der er den Rest seines Lebens verbringen würde. Alles begann damit, dass er mich erpresste, ihm bei einem schwierigen Doppelmordfall zu helfen. Er war erst die zweite Person, die von meiner seltsamen Fähigkeit erfuhr, mit Tieren sprechen zu können – selbst ich hatte es damals noch nicht so richtig drauf –, aber anstatt mich anzugaffen oder sogar auflaufen zu lassen, beschloss er, sich diese zunutze zu machen.

Mittlerweile haben wir viele Fälle gelöst, sowohl gemeinsam als auch getrennt, und uns dabei unsterblich ineinander verliebt. Er ist inzwischen der Hauptpartner der Kanzlei. Und ich bin von einer kleinen Anwaltsfachgehilfin zur Vollzeit-Privatdetektivin mutiert ... zumindest theoretisch.

Praktisch lebe ich hauptsächlich vom Treuhandfonds meiner Katze, gebe jedoch mein Bestes, um stets neue Rätsel zu lösen, unabhängig davon, ob meine Hilfe erwünscht ist oder nicht. Erst im Frühjahr habe ich den Tod an meiner Nachbarin aufgeklärt ... das war abermals eine harte Nuss!

Glücklicherweise hatten wir in den folgenden Wochen nur wenig Arbeit, sodass ich mich voll und ganz auf die Hochzeitsplanung konzentrieren konnte.

So viel zu meiner Person – ehemalige Rechtsanwaltsgehilfin, derzeitige Privatdetektivin, zukünftige Braut. Ach so, ihr wolltet noch etwas über die Sache mit den Tieren wissen?

Nun, alles fing damit an, als ich bei einer eher ungewöhnlichen Testamentseröffnung auf Octocat traf. Das war allerdings noch, bevor Charles in die Kanzlei eintrat. Erst er bezog mich in die Ermittlungen seiner Fälle ein. Davor war ich nichts weiter als eine unbedeutende kleine Bürokraft und an jenem Tag war es meine Aufgabe, Kaffee zu kochen. Irgendwie liefen die Dinge ziemlich aus dem Ruder, denn das defekte alte Teil versetzte mir einen derartig heftigen Stromschlag, dass ich das Bewusstsein verlor. Seitdem habe ich eine völlig rationale und sicherlich nachvollziehbare Angst vor derartigen Geräten.

Wie auch immer … als ich wieder zu mir kam, war nichts mehr wie vorher. Plötzlich konnte ich mit Tieren reden, und das erste Exemplar, eine Katze mit großen bernsteinfarbenen Augen und nach Thunfisch stinkendem Atem, hatte es sich bereits auf meiner Brust bequem gemacht. Ja, der Hauptnutznießer bewussten Nachlasses war ein Kater, und als er merkte, dass ich ihn verstand, engagierte er mich vom Fleck weg, um den Mord an seiner Besitzerin aufzuklären.

Seitdem sind wir ein Herz und eine Seele … Nein, lasst es mich lieber so formulieren: An den meisten Tagen kommen Octocat und ich ganz gut miteinander klar. Manchmal allerdings kann er ein richtiger Stinker sein. Trotzdem würde ich ihn oder irgendeinen Teil meines Lebens um nichts in der Welt missen mögen.

Meine wirklich beste Freundin ist meine Grandma. Sie hat mich großgezogen, während meine Eltern sich auf ihre Karrieren konzentrierten. Und dabei ist sie nicht einmal meine leibliche Großmutter, eine Tatsache, die ich erst kürzlich herausgefunden habe. Nach monatelanger Suche und mit ein wenig Hilfe eines militanten Möwenschwarms durfte ich endlich meine Oma Lyn kennenlernen, die Mama meiner Mom.

Beide werden sich auf der Hochzeit das erste Mal begegnen, was hoffentlich nicht zu peinlich wird. Zumindest werden genügend andere Gäste anwesend sein, sodass wir die beiden so weit wie möglich auseinander halten können.

Grandmas Hund Paisley, ein dominierend schwarzer, dreifarbiger Chihuahua, den sie aus dem Tierheim gerettet hat, soll während der Zeremonie als Blumenmädchen fungieren. Pringle, der Waschbär, der in einem Baumhaus in meinem Garten wohnt, ist zwar nicht eingeladen, wird aber mit Sicherheit trotzdem auftauchen. Unsere Möwenfreunde Bravo und Abigull werden von einem Baum aus zusehen.

Eine weitere Möwe, Alpha, mit der wir nicht gerade im Guten auseinandergegangen sind, hat damit gedroht, die ganze Veranstaltung zu sabotieren. Außerdem hat er sich kürzlich mit Pringle angefreundet und ihn ermutigt, an einem Zwölf-Schritte-Programm teilzunehmen, das ihm helfen soll, seine Verhaltensprobleme in den Griff zu bekommen. Ich bin mir nicht sicher, was hinter diesem Motiv steckt, aber die Gruppentherapie zeigt bei dem kleinen Waschbären definitiv schon Wirkung.

Auf meiner Hochzeit möchte ich ihn trotzdem nicht dabeihaben.

Lieber kümmere ich mich um meine anderen Gäste, die von nah und fern anreisen werden. Das wären beispielsweise meine alte Freundin Bethany Peters und meine Cousine Maggie, Mags genannt, die den langen Weg aus Georgia auf sich nehmen, um den bisher glücklichsten Tag meines Lebens mit mir zu feiern.

Dann natürlich Charles' Familie aus Kalifornien, und auch unsere Freundin Sharon, die mit ihrem Wohnmobil durchs Land tourt, hat versprochen vorbeizuschauen. Genau genommen werden alle da sein, die uns etwas bedeuten ... alte Bekannte, liebe Verwandte, frühere Klienten ... sogar die Besitzerin der Freundin meines Katers will aus Colorado kommen, um uns ihre Glückwünsche persönlich zu übermitteln.

Anstelle von Trauzeugen werden unsere drei Samtpfoten mit uns vor den Altar treten. Ich habe entzückende Fliegen für Octocat und Jacques und einen Miniatur-Spitzenschleier für Jillianne aufgetrieben. Charles besitzt noch nicht so lange Katzen wie ich, aber er ist ganz vernarrt in die beiden haarlosen Haustiger, die er von meiner ersten verstorbenen Nachbarin, Senatorin Harlowe, geerbt hat.

In den letzten Monaten habe ich den beiden nackten Fellnasen Sprechunterricht erteilt, um ihnen ihren seltsamen Dialekt auszutreiben – aber nicht aus reiner Herzensgüte, o nein, sondern auf Octocats Drängen hin. Der gab mir nämlich sehr deutlich zu verstehen, dass weder Charles noch seine tierischen Mitbewohner in unserem Haus willkommen seien, wenn die beiden nicht aufhören würden, nur in Rätseln und Reimen miteinander zu kommunizieren.

Das war eine ziemliche Herausforderung, aber ich bin es ja gewohnt, von meinem Kater herumkommandiert zu werden. Und diese Bedingung war für das, was er sonst so fordert, ausnahmsweise mal nicht völlig überzogen. Außerdem bot sich mir dadurch endlich die Gelegenheit, mich Jacques und Jillianne anzunähern, bevor wir alle eine große, glückliche Familie werden.

Zu Beginn waren sie nicht sonderlich angetan von

mir, aber ich denke, ich habe es geschafft, sie für mich zu gewinnen ... Zumindest hoffe ich das.

„Hast du schon meinen Schleier aus der Reinigung geholt?", fauchte ich Grandma an, während ich auf ein Klingeln hin die Treppe nach unten stürzte.

„Steht auf meiner To-do-Liste für heute Nachmittag!", brüllte sie zurück. Ich riss die Tür auf und knallte volle Kanne mit dem Gesicht gegen einen riesigen rosa Luftballon.

„Upps, tut mir leid. Der ist mir entwischt", stöhnte der Helium-Jongleur auf, verzweifelt bemüht, den Rest seines schwebenden Straußes mit beiden Händen festzuhalten. „Wo sollen die hin?"

„Nach hinten. Kommen Sie mit, ich zeige es Ihnen."

Der Ballonmensch trat einen Schritt zurück, und ich eilte hinaus auf die vordere Veranda und die Stufen hinunter, wobei ich zu spät bemerkte, dass ich vergessen hatte, mir Schuhe anzuziehen. Der kalte Morgentau ließ meine Zehen prickeln und mich frösteln, aber egal ... Ich war eine Frau auf einer Mission.

Nur noch achtundzwanzig Stunden bis zu dem großen Ereignis. Und ich würde nicht zulassen, dass sich irgendjemand zwischen mich und meinen zukünftigen Ehemann stellt. Schon gar nicht diese bösartige Möwe, die geschworen hatte, sich an mir zu rächen. Obwohl sie es selbst war, die ihren Schwarm zugrunde richtete und ich lediglich die Wahrheit ans Licht brachte.

Deshalb hatte ich beschlossen, den Garten, statt mit Blumen mit Hunderten von Luftballons zu schmücken, die am Himmel schwebten und so eine Art Baldachin bildeten. Der sollte unerwünschte gefiederte Gesellschaft fernhalten.

„Ist Ihre Hochzeit nicht erst morgen?", fragte der junge Mann, während er die Ballons an der gewünschten Stange des massiven Metallgestells befestigte. „Wenn jetzt das Wetter schlecht wird, sind sie ruiniert."

„Keine Sorge, das wird nicht geschehen", erwiderte ich. „Ich habe bereits entschieden, dass das Wetter heute und morgen perfekt sein wird."

„Aber das können Sie doch gar nicht kontrollieren …"

„Es bleibt schön, und damit basta!", fuhr ich ihn an. Natürlich hatte ich versucht, eine Firma zu finden, die die Dekoration erst am Morgen der Hochzeit aufbaute, was mir jedoch leider nicht gelungen war. So blieb mir nichts anderes übrig, als auf den Vortag auszuweichen, wenn ich die Feier nicht verschieben wolle – was natürlich überhaupt nicht in Frage kam. Nicht, nachdem ich so lange darauf gewartet hatte, um für immer und ewig Mrs Charles Longfellow III. zu werden!

„Wenn Sie meinen …“ Mit einem Schulterzucken machte er sich wieder an die Arbeit, aber seine Miene sprach Bände. *Der Kunde hat immer recht …*

Ich rang die Hände, schaffte es aber zumindest, meine Zunge im Zaum zu halten. Normalerweise war ich nicht so unhöflich, aber es war eben mein großer Tag, an dem einfach alles perfekt sein musste. Und ein Damoklesschwert schwebte bereits über mir … eine gewisse mordlustige Möwe und deren Drohung, alles zu ruinieren.

Hoffentlich konnte ich zumindest den Rest kontrollieren und vermeiden, dass sonst noch irgendetwas schieflief.

Ups. Ich hätte es besser wissen müssen, als das Schicksal herauszufordern. Sobald ich das Haus umrundete, um wieder nach innen zu gehen, sah ich zwei riesige Wohnmobile in meine Auffahrt einbiegen.

Und schlagartig wurde mir klar, dass das nichts Gutes bedeuten konnte.

2

Mit wachsendem Entsetzen beobachtete ich, wie die Monster parkten und ein halbes Dutzend Männer, bewaffnet mit Mikrofonen, Kameras und Filmausrüstung, aus dem hinteren Fahrzeug kletterten.

„Entschuldigung", rief ich und schlag die Arme um mich, um der morgendlichen Kälte Herr zu werden – immerhin war ich nach wie vor barfuß. „Hören Sie? Was bitte hat das zu bedeuten?"

„Psst, wir fangen gleich an zu filmen", zischte einer der Kerle in meine Richtung, bevor er sich wieder seinem Team zuwandte. „Und in drei ... zwei ... eins ... Action."

In diesem Moment flog die Tür des vorderen Wohnmobils auf, und heraus trat meine Freundin

Sharon, ihren weißen, langhaarigen Kater Chester im Arm haltend. „Oh, was für ein schöner Tag für eine Hochzeit!“, rief sie aus, während ihr der fließende Stoff ihres prinzessinnenartigen Abendkleids um die Knöchel flatterte. „Findest du nicht auch, Chessy?“

Die Gruppe der Männer bewegte sich um sie herum, bis einer brüllte: „Schnitt!“

„Ich glaube, hier liegt eine Verwechslung vor. Die Trauung ist erst morgen“, rief ich hilflos, während Sharon ihren Kater absetzte, zu mir herübergeeilt kam und mich in eine riesige Umarmung zog.

„Das wissen wir doch. Aber es ist einfach ein gewaltiger Akt, die richtigen Aufnahmen in den Kasten zu bekommen. Also dachten wir uns, wir reisen einfach schon einen Tag früher an, damit wir uns in Ruhe einrichten können. Nochmals tausend Dank, dass du dem zugestimmt hast. Das wird das perfekte Finale für die erste Staffel von Chessys Reality-TV-Show.“

Mir fiel die Kinnlade herunter. „Ich habe doch nicht – ich meine, ich … Wie bitte?“

Sie hob ihre offensichtlich frisch manikürte Hand und schlug sich schockiert auf die Brust. „Aber das stand doch auf meiner Antwortkarte. Hast du die denn nicht erhalten?“

„Du hast für eine Person plus eins reserviert“,

stieß ich hervor und musste mich schwer zusammenreißen, um mir meinen Ärger nicht zu deutlich anmerken zu lassen.

„Ja, gefolgt von den Buchstaben *R* und *V*. Sharon plus ein zusätzliches RV, also Wohnmobil. Unsere Filmcrew." Sie unterbrach ihre törichte Erklärung und verzog das Gesicht. „Wir kommen doch nicht ungelegen, oder? Ich habe deine Hochzeit in den letzten Episoden bereits angekündigt. Das jetzt alles rauszuschneiden, wäre eine Menge Arbeit. Und wir müssten uns für den letzten Part erst einmal etwas ähnlich Gigantisches einfallen lassen. Wenn unser Finale nicht hammermäßig wird, gibt es womöglich keine zweite Staffel, und das dürfen wir nicht zulassen. Chessy hat sich bereits viel zu sehr an den Glanz und Glamour des Prominentenlebens gewöhnt. Außerdem wusstest du doch, dass ich bis Ende Juni filmen würde, also nahm ich an, dass deine Einladung meine Crew mit einschließt."

Tja, was sollte ich darauf erwidern?

„Natürlich erhältst auch du ein hübsches Sümmchen für deine Mitwirkung. Die Produzenten meinten sogar, sie würden die kompletten Kosten für deinen großen Tag übernehmen."

Ich schluckte den Angstknoten, der sich in meiner Kehle gebildet hatte, hinunter und zwang mich zu einem Lächeln. „Sharon, das ist wunderbar. Danke", erwiderte ich, obwohl ich ihr am liebsten etwas ganz anderes an den Kopf geworfen hätte. Das war's dann wohl. Sollte das Kamerateam mich im falschen Moment erwischen, könnte mein kleines Geheimnis auffliegen, und ganz Amerika würde zusehen. Und damit wäre nicht nur mein Tag, sondern mein komplettes Leben ruiniert.

Wenn jemand außerhalb meines engsten Vertrautenkreises von meiner seltsamen Gabe, mit Tieren sprechen zu können, erfuhr, könnte ich mir die Kugel geben. Ich hätte keine Sekunde mehr Ruhe, und das war nicht die Zukunft, die ich mir vorstellen wollte, gerade am Morgen vor meiner Hochzeit.

„Was ist denn hier für ein Zirkus?", fragte in diesem Moment Octocat, der dank der elektronischen Haustierklappe plötzlich hinter mir auftauchte.

Ich presste die Lippen so fest wie möglich zusammen, um nicht in Versuchung zu geraten, ihm zu antworten und bereits jetzt alles preiszugeben.

Glücklicherweise rettete Sharon die Situation, indem sie ihn in ihre dicken Arme zog. „Oh, mein süßes Pummelchen. Wie freue ich mich, dich wiederzusehen."

Mein Kater riss irritiert die Augen auf, und sein Entsetzen wuchs, als sie den Kopf zu ihm herabsenkte und ihm einen Kuss auf das schnurrbärtige Gesicht drückte.

„Das wirst du mir büßen, Angela, bis in alle Ewigkeit", zischte er, bevor er Sharon mit der Tatze eine saftige Ohrfeige verpasste, sich losriss und zurück ins Haus stürmte.

Da er derartige Drohungen schon tausende von Malen ausgesprochen hatte, machte ich mir diesbezüglich keine großen Sorgen. Über Sharons verfrühte Ankunft und die Anwesenheit der Kameraleute hingegen umso mehr. Letztere stellten ein großes Problem dar.

Ich starrte auf den Boden und überlegte verzweifelt, was ich jetzt tun sollte. „Gerade im Moment bin ich extrem beschäftigt ..." Ich hob den Arm und warf einen Blick auf meine Smartwatch. „Nur noch siebenundzwanzig Stunden und achtzehn Minuten. Der Countdown läuft ", verkündete ich dann grinsend.

„Allerdings, die Uhr tickt", krächzte Sharon zustimmend. „Sag, was wir tun können. Chessy und ich helfen gerne."

„Nun, eigentlich ..." Ich hielt inne und räusperte mich. „Eigentlich wäre es einfacher, wenn ich es selbst tue. Sei mir bitte nicht böse, aber ich habe bereits alles minutiös geplant. Du kannst aber gerne

Grandma zur Hand gehen, während deine Crew dreht. Sie würde sich bestimmt über etwas Gesellschaft freuen. Komm, ich bringe dich direkt zu ihr."

Sharon kurzzeitig säuerliche Miene erhellte sich. „Nur zu gerne möchte ich sie kennenlernen. Dann mal los, ich folge dir." Sie machte eine große, ausladende Geste, dann hob sie die Hände, um den Sitz ihrer Kurzhaarfrisur zu überprüfen. „Ich werde ein paar Aufnahmen mit Chessy machen müssen, sobald das Team die zusätzlichen Clips des Anwesens im Kasten hat. Aber glücklicherweise bin ich ja bereits fertig und passend gekleidet."

Ich nickte zustimmend, während ich meinen überpünktlichen Gast die Verandastufen hinaufführte. „Du siehst perfekt aus. Hey, vielleicht kannst du Großmutter ja zeigen, wie man deinen berühmten Preiselbeerkuchen backt. Sie ist immer ganz wild auf neue Rezepte."

Sharon zog die Stirn in Falten und schüttelte nachdrücklich den Kopf. „Besser nicht. Den habe ich nicht mehr gemacht, seit er Junetta das Leben kostete. Sicher, es war nicht meine Schuld, aber ihr Tod hat mir die Sache mit dem Backen gründlich verleidet, wenn du verstehst, was ich meine."

Das tat ich natürlich und respektierte auch ihre Entscheidung, hatte aber nicht wirklich Zeit, um für die beiden Frauen eine gemeinsame Basis zu schaffen. Ich war ohnehin schon im Verzug, was meinen straffen Zeitplan anbelangte.

Glücklicherweise war Großmutter genau dort, wo ich sie vorhin zurückgelassen hatte ... in der Küche, wo sie eifrig herumwuselte und wer-weiß-was tat. „Grandma, das ist Sharon. Und das ist meine Großmutter", stellte ich die beiden einander vor, bevor ich wieder nach draußen rannte, um einige Regeln für das Filmteam aufzustellen. So allmählich entwickelte ich mich zu einer richtigen Brautzilla, was aber nicht weiter verwunderlich war, wenn man bedachte, was man mir in den Stunden vor meinem großen Tag alles zumutete. Kurz fragte ich mich sogar, ob womöglich mein Vogelerzfeind Alpha etwas mit dieser ungeplanten Ankunft zu tun haben könnte, verwarf diesen Gedanken jedoch schnell wieder.

Abgesehen von mir war meine lang verschollene Oma Lyn die einzige ebenfalls mit Tieren sprechende Person, die ich kannte. Ach, du meine Güte ... Und auch sie sollte bald eintreffen. Ich musste sie definitiv sofort zur Seite nehmen und ihr erklären, dass das Risiko, aufzufliegen, um ein Vielfaches gestiegen war. Oder am besten gleich umfassend informieren.

Eilig zog ich mein Handy aus der Hosentasche meiner Jeans und wählte ihre Nummer, aber sie ging nicht ran. Wahrscheinlich war sie bereits unterwegs, was bedeutete, dass ich doppelt wachsam sein musste.

Plötzlich fegte ein Wirbelsturm an schrecklichen Was-wäre-wenn-Szenarien über mich hinweg, sodass ich mich keinen Zentimeter mehr bewegen konnte. Das war nicht gut. Ganz und gar nicht gut.

War es eigentlich schon zu spät, um noch mit dem Bräutigam durchzubrennen?

Vielleicht sollte ich Charles anrufen und …

„Miss, Miss …"

Die Rückkehr des Ballon-Jongleurs riss mich aus meiner Erstarrung.

„Da bin ich wieder, mit der nächsten Ladung. Alles in Ordnung mit Ihnen?"

„Zumindest wird es das bald wieder sein", entgegnete ich und hasste mich dafür, wie wütend meine Stimme klang. „Eine andere Option gibt es nicht."

Er nickte verwirrt, machte einen vorsichtigen Schritt rückwärts und stürzte dann in Richtung Garten davon. Ich hätte gelacht, wäre mir nicht so sehr nach Weinen zumute gewesen.

3

ch war gerade dabei, der Sitzordnung für den Hochzeitsempfang den letzten Schliff zu verpassen, als es leise an der Tür klopfte. Da Großmutter und Sharon vor fast einer Stunde aufgebrochen waren, um ein paar letzte Besorgungen zu machen, oblag es wohl oder übel mir, nachzusehen, wer jetzt schon wieder etwas von mir wollte.

Leicht genervt riss ich die Tür auf und sah … niemanden.

Merkwürdig.

Gerade, als sie sie achselzuckend wieder schließen wollte, ertönte ein kleines Stimmchen:

„Bitte entschuldige. Ich hatte gehofft, wir könnten uns kurz unterhalten … wenn es dir nichts ausmacht?"

Zu meinen Füßen kauerte Pringle, der Waschbär, einen winzigen Umschlag zwischen seinen Krallen haltend. Ich war noch nicht daran gewöhnt, wie höflich er in letzter Zeit auftrat, seit er sich den Anonymen Alkoholikern angeschlossen hatte. Es gefiel mir, wie eisern er deren Zwölf-Schritte-Programm durchzog, um sein zwanghaftes und oft verletzendes Verhalten zu ändern, obwohl ich mir ziemlich sicher war, dass der kleine Kerl in seinem ganzen Leben noch nie einen Tropfen Alkohol ange-rührt hatte.

Was mich jedoch beunruhigte, war die Tatsache, dass eine gewisse militante Möwe ihn auf diese Idee gebracht hatte. Da ich wusste, dass Alpha auf Rache sann, war ich allem gegenüber, was mein Waschbär-nachbar sagte und tat, äußerst misstrauisch.

Und dann gab es ja auch noch einen weiteren Grund zur Sorge – eine Kameracrew, die gerade in meinem Garten filmte.

Ich trat hinaus auf die Veranda und spähte in alle Richtungen, um sicherzugehen, dass niemand in der Nähe war. Als ich mich vergewissert hatte, dass die Luft rein war, zog ich Pringle ins Haus und schloss die Tür hinter uns.

Er machte direkt einen Schritt rückwärts. „O nein, ich darf doch nicht rein. Du hast doch selbst gesagt, solltest du mich noch einmal hier drinnen erwischen, würdest du ein Davey-Crockett-Souvenir aus mir machen. Und ich glaube nicht, dass ich gerne ein Hut wäre."

Schuldgefühle machten sich in mir breit. Tatsächlich hatte ich ihm diese Worte an den Kopf geworfen, nachdem er Grandmas Chihuahua entführt, in seine Baumfestung verschleppt und in eine Lebendfalle gesperrt hatte, um ihn im Zuge seines imaginären Schnüffelspiels zu verhören. Aber das geschah mehr oder weniger im Affekt.

„Wenn man eingeladen wird, ist es in Ordnung", sagte ich und bemühte mich um ein hoffentlich strahlendes Lächeln.

„Vielen Dank. Das werde ich mir merken", antwortete er artig, und wieder einmal fragte ich mich, ob seine Veränderung tatsächlich echt war oder er nur wieder eine seiner Possen abzog.

Just in diesem Moment verbeugte er sich vor mir und hielt mir die mitgebrachte Karte entgegen.

Ich nahm sie ihm ab und studierte Vorder- und Rückseite. Es war eine der Antwortkarten, die Charles und ich mit den Hochzeitseinladungen verschickt hatten. Jede der Essensoptionen war angekreuzt, und ein riesiger schlammiger Pfotenabdruck bedeckte die komplette linke Hälfte.

„Als meine Einladung nicht ankam, vermutete ich, sie müsse wohl in der Post verloren gegangen sein. Allerdings wollte ich dich mit dieser Kleinigkeit nicht behelligen und wartete einfach ab. Irgendwann habe ich dann die hier im Abfall entdeckt und ordnungsgemäß ausgefüllt, damit du weißt, dass ich ebenfalls anwesend sein werde. Ich würde mir doch nie deinen großen Tag entgehen lassen, Miss Angela."

Dieser kleine Müllpanda schaffte es doch stets aufs Neue, mich zu überraschen. Ich hatte ihm absichtlich keine zukommen lassen, zum einen, weil er ein Waschbär war, der in einem Baumhaus auf meinem rückwärtigen Grundstück wohnte, aber auch, weil ich stark vermutete, dass Alpha ihn für seinen Plan benutzen könnte, meinen Tag zu ruinieren. Gerade im Moment jedoch tat er mir so richtig leid, wo er sich doch so große Mühe gab, ein guter Zeitgenosse zu werden.

„Danke, Pringle, das ist nett von dir. Wie ich sehe, hast du dich für alle drei Optionen entschieden, Hühnchen, Fisch *und* vegetarisch."

Sein Lächeln wurde breiter und entblößte seine scharfen kleinen Schneidezähne. „Ja, denn du hast ein perfektes Menü zusammengestellt und ich wollte mir nichts davon entgehen lassen."

Anstatt ihn darauf hinzuweisen, dass der Sinn

von Wahlmöglichkeiten darin bestand, dass man sich das aussuchte, was einem am besten zusagte, schmunzelte ich nur.

„Angela!", ertönte plötzlich der panische Schrei meines Katers aus der Küche. „Komm sofort her!"

Pringle bedachte mich mit einem wissenden Lächeln. „Ich sehe schon, die Pflicht ruft. Mach mir einfach kurz die Tür auf, ich finde selbst hinaus."

Ich nickte und tat, wie mir geheißen, als Octocat erneut meinen Namen brüllte. „Angelaaaaaaaa!"

„Ich bin ja schon unterwegs", schrie ich zurück und eilte so schnell wie möglich in seine Richtung.

„Wie kommen diese vulgären Kreaturen dazu, aus *meiner* Teetasse zu trinken? Und *mein* Essen zu fressen?", verlangte er zu wissen und zuckte wild mit dem Schwanz, während er unsere beiden Katzengäste hasserfüllt anstarrte.

„Du erinnerst dich doch an Jacques und Jillianne", sagte ich und beugte mich nach unten, um jede von beiden zwischen ihren riesigen Fledermausohren zu kraulen.

„Natürlich tue ich das, und genau deshalb will ich sie nicht hier haben", antwortete Octocat und verzog missmutig das Gesicht.

„Ich mag es nicht, wie er starrt, während wir

versuchen, unsere Mahlzeit zu uns zu nehmen“, sagte Jacques, die kleinere der Sphynx, und schnaubte wütend.

„Ich möchte ihn überhaupt nicht im selben Raum haben“, fügte Jillianne, seine große schwarze Gefährtin, hinzu.

„Und ich flippe gleich aus, weil sie einfach in mein Haus eindringen und so tun, als wäre ich überhaupt nicht anwesend!“, brüllte Octocat zurück und wurde nun richtig aggressiv, was unschwer daran zu erkennen war, dass sich das Fell auf seinem Rücken aufrichtete.

Das war alles andere als gut. Eine von Großmutters Aufgaben hatte darin bestanden, Charles‘ Katzen abzuholen und herzubringen, damit sie sich vor der morgigen Zeremonie schon einmal ein wenig in unserem Heim, das ab morgen auch das ihre sein würde, einleben konnten. Da ich so sehr mit meiner eigenen To-do-Liste beschäftigt war, hatte ich gar nicht bemerkt, dass sie diesen Punkt bereits erledigt hatte.

„Komm mit, Octocat, ich bringe dir frisches Essen und Wasser in dein Schlafzimmer.“

Vor Überraschung klappte ihm der Kiefer herunter, und zwar so tief, dass er praktisch auf dem

Linoleumboden aufschlug. „Wie war das bitte? Du hast vor, *mich* auszuquartieren? Warum nicht sie? Ist es wieder einmal nötig, dich daran zu erinnern, dass das hier *mein* Haus ist?“

„Es sollte doch keine Überraschung sein, dass die beiden zukünftig ebenfalls hier wohnen werden, jetzt, wo Charles und ich heiraten. Du weißt doch …“

„Sein Ton gefällt mir nicht“, unterbrach mich eine der Nacktkatzen.

„Und dieser Ort noch viel weniger“, fügte die andere hinzu, und beide schüttelten sich synchron. „Ganz und gar nicht.“

Obwohl es positiv war, dass die beiden Nackedeis nicht mehr ausschließlich in Reimen und Rätseln sprachen, hätte ich es doch sehr begrüßt, auch einmal etwas anderes als Beschwerden aus ihren Mäulern zu hören. Gerade im Moment erinnerten sie mich mit ihrem hochnäsigen Getue stark an Veruca Salt aus dem Film *Charlie und die Schokoladenfabrik*, und das gefiel mir nicht wirklich.

Ich wandte mich von J und J ab und richtete meine Aufmerksamkeit erneut auf Octocat. Zwar war auch er selten vernünftig, aber ich hatte immerhin noch eine bessere Chance, zu ihm durchzudringen als zu meinen neuen Stieffellkindern … Obwohl ich so guter Hoffnung gewesen war, unsere Beziehung hätte sich verbessert. „Du musst derjenige sein, der klein beigibt. Außerdem hast du dein eigenes Zimmer, das perfekt nach deinem Geschmack eingerichtet ist. Natürlich ist mir klar, dass dir die Vorstellung, dein Heim mit anderen Katzen zu teilen, nicht gefällt, aber daran können wir nun mal nichts ändern."

Mein Tiger schnappte hörbar nach Luft. „O doch, das könnten wir. Du sagst die Hochzeit mit Kotzbrocken einfach ab, und diese beiden Idioten bringen wir ins Tierheim."

„So, das reicht jetzt aber! Du verhältst dich deinen neuen Geschwistern gegenüber wirklich äußerst unhöflich. Ab mit dir in dein Zimmer." Kaum dass ich diesen Tadel ausgesprochen hatte, tat ich das, was er am allerwenigsten mochte: Ich hob ihn hoch und trug ihn die Treppe hinauf in seine Räumlichkeiten.

„Denk erst einmal in Ruhe über dein Verhalten nach. Wir sehen uns dann später wieder", sagte ich und blockierte mit meinem Körper den Rahmen, damit er nicht entwischen und seiner Strafe entgehen konnte.

Wie erwartet, fauchte er zurück. „Das habe ich bereits, und ich bin nach wie vor der Ansicht, dass ich zu einhundert Prozent …"

Nicht bereit, mir wieder einmal einen seiner

Monologe anzuhören, schlug ich kommentarlos die Tür zu und verriegelte sie. Du meine Güte, ich wurde ja schon kaum mit einer Katze fertig ... wie in aller Welt sollte ich das zukünftig mit dreien bewerkstelligen?

4

rgendwann erhöhte sich die Zahl sogar auf vier quengelnde Stubentiger, denn weniger als eine Stunde später traf auch noch Christine aus Colorado mit Octocats Freundin Grizabella ein. Was in aller Welt hatte ich mir nur dabei gedacht, sie während der Feierlichkeiten alle bei mir übernachten zu lassen?

Klar hatte ich in meiner herrschaftlichen Villa jede Menge Platz, aber die zusätzlichen Umstände, die mit der Bewirtung all meiner auswärtigen Gäste einhergingen, trugen nicht gerade dazu bei, meine Laune zu bessern. Zumindest würde Grizabellas Anwesenheit meinen Kater besänftigen ... hoffte ich zumindest.

„Hereinspaziert", forderte ich Christine betont

munter auf, bevor ich sie regelrecht die Treppe hinaufschob. „Euch beide habe ich in Octocats Zimmer untergebracht. Lasst mich euch zeigen, wo das ist." Normalerweise, wenn ich mit Außenstehenden sprach, nannte ich den Raum *unser Aquarium*, aber wenn irgendjemand verstehen konnte, dass mein Kater sein eigenes Schlafzimmer brauchte, dann ja wohl die Showkönigin Christine und ihre preisgekrönte, wenn auch mittlerweile pensionierte Himalaya-Katze.

„Ich bin ziemlich erschöpft von der langen Reise", erklärte mein prachtvoller Fellgast und unterdrückte nur mit Mühe ein Gähnen. „Wärst du so lieb und würdest mir meine Bürste holen, Liebling? Aber nicht die mit den Stahlborsten, sondern die aus Naturholz. Ich sehe bestimmt schrecklich aus. In diesem Zustand kann ich doch meinem heißblütigen Liebhaber nicht gegenübertreten."

Ich verdrehte die Augen, hatte aber keine Zeit, lange über diese Bemerkung nachzudenken.

Meine To-do-Liste war nach wie vor ellenlang. Also packte ich die beiden ins Zimmer, ermahnte Christine, unter keinen Umständen die Sphynx-Katzen hereinzulassen und eilte wieder nach unten. Eigentlich hatte ich die Ankunft aller Gäste so gestaffelt, dass keine Hektik ausbrechen sollte, aber leider war auf die Fluggesellschaften wenig Verlass. Sämtliche Flüge hatten sich entweder verspätet oder waren verfrüht gelandet. Definitiv nicht hilfreich.

Ein weiteres Klopfen am Eingang verriet die Rückkehr des Ballonlieferanten. „Ich wäre dann hinten fertig."

„Großartig, vielen Dank." Ich schenkte ihm ein freundliches Lächeln und knallte ihm die Tür vor der Nase zu.

Er klopfte erneut.

„Was gibt's denn noch?", erkundigte ich mich ein wenig hastig, jedoch bemüht, nicht zu unhöflich zu klingen.

Er nahm seine Kappe ab und knetete sie zwischen den Fingern. „Es ist nur so ... Sie hatten versprochen, mir einen Scheck auszustellen, sobald die Dekoration fertig ist ... und ich würde ungern noch einmal herfahren müssen."

„Oh, richtig, klar. Geben Sie mir fünf Minuten." Erneut schloss ich die Tür und joggte hinauf in mein Büro im ersten Stock, wo ich in der obersten Schublade meines Schreibtischs, die sich abschließen ließ, mein Scheckheft aufbewahrte. Man kann schließlich nie vorsichtig genug sein.

Auf dem Flur fing Christine mich ab. „Angie, hättest du ein paar Handtücher für mich? Ich würde gerne kurz duschen. Um den Flugzeuggestank abzuwaschen, weißt du?"

„Natürlich. Wie geht es den Katzen?" Ich drehte mich auf dem Absatz zu ihr um, was mich leicht aus dem Gleichgewicht brachte. Glücklicherweise war da die Wand, die mich auffing.

Christine lachte und verdrehte die Augen, während sie mir zum Wäscheschrank folgte. „Sie haben noch nicht einmal eine Sekunde lang aufgehört, sich gegenseitig zu kraulen, zu putzen und zu liebkosen. Ich befürchte, irgendwann geht ihnen die Luft aus."

Ich kicherte ebenfalls und freute mich für die beiden Turteltäubchen, war aber auch heilfroh, deren übertriebene Liebesbekundungen nicht mit anschauen zu müssen. „Hier sind zwei Handtücher und ein Waschlappen. Das Badezimmer ist die vierte Tür auf der rechten Seite. Brauchst du sonst noch irgendetwas?"

„Eine Flasche Wasser vielleicht?", quietschte Christine, als ob ihr diese Bitte unangenehm wäre.

Ich wippte enthusiastisch mit dem Kopf. „Kein Problem. Ich bin gleich wieder da."

„Sag mir einfach, wo die Getränke stehen. Ich kann mir mein Wasser auch gerne selbst holen. Du hast doch wahrlich anderes zu tun."

„Unsinn. Du bist mein Gast. Ich laufe schnell runter und stell sie dir rein, während du duschen gehst, okay?"

Also wieder nach unten, und so allmählich geriet ich ganz schön außer Puste. Auf dem Rückweg, beladen mit diversen Wasserflaschen, fing dann auch noch mein Handy an zu vibrieren. Die Aktion, es aus meiner Hosentasche zu ziehen, glich einem Balanceakt. „Wie geht es meiner Zukünftigen?", vernahm ich Charles' sexy Stimme, bei der mir immer wieder die Knie weich wurden.

„Schon viel besser, jetzt, wo ich mit dir reden kann", gab ich zu, stellte Christines Flaschen auf deren Nachttisch ab und begab mich wieder nach draußen, wobei ich die beiden Fellverliebten komplett ignorierte.

Er seufzte, und es war schwer zu sagen, ob er einfach nur schwermütig oder schläfrig war. Seine nächsten Worte allerdings verschafften mir Gewissheit. „Du klingst, als wärst du ziemlich außer Atem. Ich wünschte, du würdest mir erlauben, vorbeizukommen, um dir bei den letzten Vorbereitungen zu helfen."

Er hatte recht. Ich war sogar absolut am Ende, weigerte mich jedoch, der Müdigkeit nachzugeben. Immerhin würde alles, was ich gerade auf die Beine zu stellen versuchte, dazu beitragen, die perfekte lebenslange Erinnerung für uns beide zu schaffen.

Trotzdem ... ein paar Minuten würde ich mir stehlen, um mit meinem Verlobten zu sprechen.

Entschlossen stapfte ich die Treppe hinauf in mein Turmzimmer und betete, zumindest dort ein paar Augenblicke lang Ruhe genießen zu dürfen. „Du weißt doch, wie konservativ deine Eltern sind. Selbst sie kommen erst morgen früh, weil sie es nicht riskieren wollen, mich vor dem großen Ereignis zu sehen. Wenn deine Mutter herausfände, dass du schon vorher hier warst, würde sie uns umbringen."

„Sie muss es ja nicht erfahren", neckte er mich, und ich konnte mir nur zu gut das schelmische Lächeln vorstellen, das sich auf seinem Gesicht ausbreitete.

„Vergiss es", warnte ich ihn spielerisch. „Mama Longfellow hat uns klare Anweisungen gegeben. Wir dürfen uns vor der Hochzeit eine ganze Woche lang nicht sehen. Nur dann haben wir die Gewähr, dass unsere Ehe glücklich wird, und das wünschst du dir doch sicher ebenfalls, oder?"

„Natürlich tue ich das, meine Angie", sagte er mit einem langgezogenen Seufzer, „aber ich vermisse dich."

„Ich dich ebenfalls. Ich liebe dich ..."

Mein Telefon fing an zu piepen und kündete einen weiteren eingehenden Anruf an. „Mist! Noch jemand versucht mich zu erreichen. Ich muss auflegen. Bis ganz bald."

„Hallo?", meldete sich eine gedämpfte Stimme am anderen Ende der Leitung. Obwohl sie mir vage bekannt vorkam, konnte ich sie spontan nicht einordnen. „Angie?"

„Ja, hallo. Was gibt's?", fragte ich beiläufig, während meine Nerven erneut zu flattern begannen.

„Hier spricht Reverend Stonehill. Es tut mir so leid, das in letzter Minute zu tun, aber ich habe einen familiären Notfall außerhalb des Staates und muss sofort los. Deshalb ..."

Ich schnappte nach Luft, denn mir war klar, was als Nächstes kommen würde. „... ist es mir nicht möglich, deine morgige Trauung zu übernehmen."

Verzweifelt bemühte ich mich, die Tränen zurückzuhalten. Reverend Stonehill war ein Mann Gottes, und natürlich würde er mich nicht anlügen. Es musste einen wirklich triftigen Grund für seine Absage geben, etwas, das wesentlich wichtiger und zeitkritischer war als meine Zeremonie.

„Verstehe", sagte ich und hoffte, er würde das Beben in meiner Stimme nicht mitbekommen. „Danke, dass Sie mir Bescheid gegeben haben." Nach einer kurzen Pause entschied ich mich, noch hinzuzufügen: „Ich werde beten, dass sich bei Ihnen alles schnell zum Guten wendet." Angesichts der Situation und der Person, mit der ich sprach, schien mir das ein passender Schlusssatz.

Nachdem ich aufgelegt hatte, sank ich zurück in die Kissen und ließ meinen Tränen freien Lauf. Bald schon galt es, meinen nächsten Besucher mit einem fröhlichen Lächeln zu empfangen, aber erst einmal musste ich einfach alles rauslassen. Ich versuchte mir meine Tränen als eine Art Gift vorzustellen, das aus meinem Körper gespült wurde, damit es mir nicht mehr wehtun konnte ... aber selbst das half nichts.

Nur noch einen Tag, sagte ich mir.

Einen läppischen Tag bis zum Beginn meines neuen Lebens. Genau, das würde ich ab jetzt zu meinem Mantra machen.

Statt *om, om* mir immer wieder *einer, einer* vorsagen.

Der Countdown zum Happy End lief ...

5

Ein sanftes Kratzen an meiner Tür riss mich aus meinen trüben Gedanken. „Paisley?", rief ich, zwang mich auf die Füße und schlenderte hinüber, um zu öffnen. Da ich Octocat ja in seinem Zimmer eingesperrt hatte und er zudem mit Grizabella beschäftigt war, konnte eigentlich nur unser anderer tierischer Mitbewohner, der Chihuahua, draußen stehen. Ich hatte das kleine Hündchen heute kaum zu Gesicht bekommen, aber ihre besondere und optimistische Art war eigentlich genau das, was ich jetzt brauchte, um aus diesem Tief herauszukommen.

Aber nein. Großmutter musste den süßen kleinen Chihuahua mit auf ihre Besorgungstour genommen haben, denn es war weder sie noch mein Kater, denen ich plötzlich gegenüberstand. Meine tatsächlichen Besucher waren viel schlimmer.

„Es gefällt mir nicht, wenn sie annimmt, wir wären ein von Flöhen befallener Kater!", sagte Jillianne anstatt eines normalen Grußes. Bevor ich dazu kam, Paisleys guten, flohfreien Namen zu verteidigen, mischte Jacques sich ein: „Und ich finde es unmöglich, wenn diese Frau die Türen verschließt und uns damit den Zutritt verweigert. Dies sollte eigentlich auch unser Heim sein."

Ich unterdrückte einen Seufzer. Stiefkinder hin oder her, die beiden Sphynx-Katzen gehörten jetzt ebenfalls zu mir. Also sollte ich mich um ein gutes Verhältnis zu ihnen bemühen, egal, wie sehr mich ihre permanenten Beschwerden auch nervten.

So rieb ich mir die Hände und zwang mich zu einem Lächeln. „Hallo, ihr beiden, was kann ich für euch tun?"

„Ich finde Langeweile unerträglich", stöhnte Jacques.

„Ich mag es nicht, wenn ich frieren muss", fügte seine Schwester hinzu, und weiter ging es mit ihrer Klage-Litanei.

„Ich betrachte es als Zumutung, wenn ich hungern muss."

„Mir gefällt nicht, wie dieser Ort riecht."

„Ich verabscheue ...“

„Okay, das reicht! Was genau wollt ihr eigentlich? Ich bin gerne bereit zu helfen, aber etwas detaillierter solltet ihr schon werden – und auch ein bisschen netter zu mir, wenn ich bitten darf. Immerhin sind wir jetzt eine Familie, kapiert?“

Die beiden Katzen saßen in einvernehmlichem Schweigen da und starrten mich, ohne zu blinzeln, einfach nur an. Ich hielt ihrem Blick stand. Egal, welches Spielchen sie da mit mir zu spielen gedachten, ich konnte es mir nicht leisten zu verlieren.

Nach einer angespannten gefühlten Ewigkeit machten sie auf den Pfotenballen kehrt und rannten die Treppe wieder hinunter.

„Ich mag sie nicht“, zischten sie synchron. War ja klar!

Ich wartete noch einen Moment, bis sie aus meinem Sichtfeld verschwunden waren und begab mich dann ebenfalls nach unten. Dank meines kleinen Zusammenbruchs lag ich jetzt in meinem Zeitplan noch weiter zurück. Ich musste schnellstens wieder in die Gänge kommen. Als Erstes würde ich ...

„Angelaaaaaa!“, brüllte mein Kater, als ich an seiner Schlafzimmertür vorbeilief.

Noch mehr Katzendrama? Bitte nicht!

Kurz überlegte ich, ob ich ihn einfach ignorieren sollte, als er auch schon erneut rief: „Ich weiß, dass du da draußen bist und mich hören kannst. Also komm rein. Wir haben etwas Wichtiges zu besprechen."

Ich holte tief Luft und straffte die Schultern, in der Hoffnung, dass mir das Kraft für die bevorstehende Konfrontation geben würde. Dann pflastere ich mir ein Lächeln ins Gesicht und öffnete die Tür.

„Das wurde aber auch Zeit. Eigentlich sollte es doch genügen, dass ich einmal rufe, wenn ich dich brauche", meckerte Octocat, obwohl er dabei von einem Fellohr zum anderen grinste.

„Was brauchst du denn jetzt schon wieder?", fragte ich, zu erschöpft für Nettigkeiten oder Entschuldigungen.

„Ich weiß, dass du gerade extrem unter Stress stehst, Angela, aber es gibt gute Neuigkeiten. Ich habe Grizabella gebeten, mich zu heiraten, und sie hat zugestimmt." Er drehte sich zu seiner frisch gebackenen Verlobten um und rieb seine Wange an der ihren.

„Das ist großartig, Leute", sagte ich und meinte es auch wirklich so. Und der Zeitpunkt für diese Enthüllung war eigentlich egal. Sie würden mir nicht die Show stehlen, da sie außer mir eh niemand verstehen konnte und somit nichts über den geänderten Beziehungsstatus erfuhr. „Meinen herzlichen Glückwunsch.“

„Ja, Grizzy und ich freuen uns diebisch, den Rest unserer sieben Leben gemeinsam zu verbringen. Wir haben lang und breit darüber diskutiert und ...“

Ich stieß ein hörbares Stöhnen aus und begann, ungeduldig mit dem Fuß zu klopfen. *Upps.*

Beide Katzen verzogen empört das Gesicht, und Grizabella gab ein Zischen von sich.

Octocat sagte schnippisch: „Tut mir leid, wenn dir unsere Liebe ungelegen kommt, Angela. Eigentlich hätte ich erwartet, du würdest dich für uns freuen.“

Ich stöhnte erneut auf. Warum konnte ich mich nicht wenigstens eine Minute zusammenreißen, schweigen und lächeln, bis sie mich aus diesem Raum entließen? Immer meine große Klappe ... äh, Fuß, in diesem Fall.

„Das tue ich doch. Bitte entschuldigt. Ich bin einfach wegen anderer Dinge gestresst“, flehte ich sie um Verständnis an.

„Genau wie wir, was eine perfekte Überleitung zu meinem nächsten Punkt darstellt. Die beiden nackten Kreaturen können hier nicht bleiben. Das ist mein Haus, und wir brauchen den Platz für Grizzy und ihr Frauchen. Kotzbrockens Mitbewohnerschaft werde ich zustimmen, da er dein Gefährte ist, aber die beiden hässlichen Eindringlinge müssen weg!" Er hob das Kinn, um anzudeuten, dass die Sache damit für ihn erledigt und entschieden war.

Heiliger Himmel!

Ich seufzte schwer und rang die Hände. „Das habe ich dir doch bereits zu erklären versucht. Sie gehen dorthin, wo auch er hingeht."

„Tja, dann wird er wohl oder übel ebenfalls verschwinden müssen. Tut mir leid für dich, da ich weiß, wie sehr du ihn magst."

Ich kniff ungläubig die Augen zusammen. „Octavius, du hast wohl nicht mehr alle Tassen im Schrank!"

Der Himalaya-Showstar schnappte hörbar nach Luft. „Spricht sie immer so respektlos mit dir, Liebster?"

Octocat schnalzte mit seiner Sandpapierzunge. „Weit öfters, als mir lieb ist, fürchte ich. Ich sollte mein Frauchen wirklich besser erziehen."

Beide nickten unisono.

„Wie auch immer, ich gehe jetzt mal wieder", verkündete ich und stapfte zurück zur Tür.

„Ich bin noch nicht fertig mit dir, junge Dame", tobte Octocat.

Ich hielt inne und drehte mich erneut zu ihm um.

„Du bist nicht mein Vater!“ So allmählich lagen meine Nerven wirklich blank, und es fiel mir immer schwerer, mich zusammenzureißen. Womöglich gelang mir das schon gar nicht mehr, denn es kam mir so vor, als würde ich ihn aus vollem Halse anbrüllen.

„Sei froh, denn sonst hättest du in diesem Haus nichts mehr zu lachen. Aber egal ... Wenn du dich weigerst, unsere doch sehr vernünftigen Forderungen zu erfüllen, hätten wir hier noch ein alternatives Angebot.“ Zwar kamen diese Worte aus seinem Mund, hörten sich jedoch sehr nach Grizabella an.

„Ich höre?“ Eigentlich war es nicht okay, dass ich ständig klein beigab, aber in diesem Fall hoffte ich auf eine einfache Lösung, was das Verbleiben der beiden Sphynx-Katzen in unserem Heim anbelangte.

„Wie du so scharfsinnig angemerkt hast, bist du *nicht* unser Kind.“ Er hielt inne, um erneut seine samtpfotige Verlobte zu liebkosen. Dann wandten sich beide mit großen Augen mir zu. „Wir würden aber gerne eine eigene Familie gründen. Natürlich mit deiner Hilfe.“

Damit hätte ich nun so gar nicht gerechnet. Jetzt hieß es, behutsam vorzugehen. „Ähm, das ist mir jetzt etwas peinlich, Octocat, aber die Sache ist die: Du bist ka ...“

Er unterbrach mich mit einem zischenden Laut. „Sprich es nicht aus! Ich weiß selbst, was ich bin, aber Grizabella hat recherchiert und herausgefunden, dass es sich bei Menschen, die es sich irgendwann anders überlegen, rückgängig machen lässt. Das sollte doch bei mir auch möglich sein. Grizzy und ich würden gerne versuchen, eigene leibliche Kätzchen zu bekommen."

„Aber du bist doch ka ...“

„Schweig! Ich will dieses Wort nicht hören!"

Hitze schoss mir in die Wangen. Das war weiß Gott kein Thema, über das ich gerne mit meiner Katze und seiner Freundin reden wollte. Ganz und gar nicht. „Dein, äh, Eingriff ist leider endgültig. Sie haben dir nämlich deine, hmm, *Bällchen* komplett abgeschnitten."

„Ich weiß, was sie getan haben", erwiderte er und starrte mit blicklosen Augen in die Ferne. „Aber Ethel hat mich von ganzem Herzen geliebt – das war nämlich meine erste Besitzerin, Schatz – und hat sie mit Sicherheit irgendwo aufbewahrt. Vielleicht könntest du mal auf dem Dachboden nachsehen?"

„I ...", begann ich, schloss jedoch gleich wieder den Mund, weil ich beim besten Willen nicht wusste, was ich darauf erwidern sollte.

Gott sei Dank begann just in dem Moment das

Handy in meiner Hosentasche zu vibrieren. Ich zog es hervor und las die eingegangene Nachricht meiner Mutter:

Sind in zwei Minuten da.

Ein riesiges Lächeln machte sich auf meinem Gesicht breit. sodass sogar meine Wangen zu schmerzen begannen. Auf den letzten Drücker war mir dieses unangenehme und zugleich unproduktive Gespräch erspart geblieben ... zumindest für den Moment.

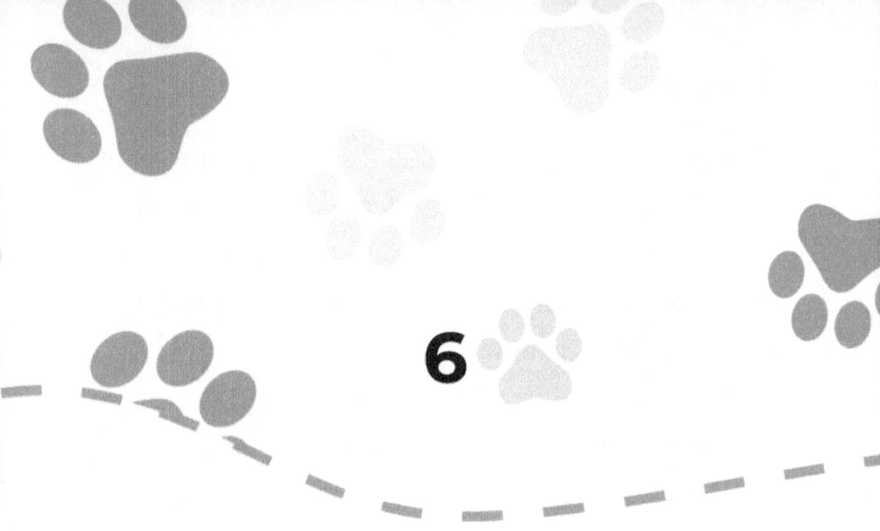

6

ch trat auf die Veranda hinaus, um auf die Ankunft der nächsten Hochzeitsgäste zu warten. Als ich den Blick über die Einfahrt schweifen ließ, fiel mir auf, dass die beiden Wohnmobile verschwunden waren. Wahrscheinlich hatten sie sie irgendwo geparkt, wo ich sie nicht sehen konnte, und das Filmteam schien sich doch tatsächlich in den Wald gewagt zu haben, der mein Haus von dem Gruselanwesen nebenan trennte. Seitdem dort auch die letzte Eigentümerin auf mysteriöse Weise ums Leben gekommen war, stand die Villa leer, und daran würde sich zweifellos so schnell nichts ändern, wenn man bedachte, dass es bereits der zweite Todesfall innerhalb von zwei Jahren war.

Was die Crew wohl vorzufinden hoffte? Bevor ich

mir weiter den Kopf darüber zerbrechen konnte, fuhr ein schwarzer Luxus-Geländewagen mit meinem Vater am Steuer vor, parkte direkt vor der Veranda, und sogleich sprangen meine Mutter und Oma Lyn aus dem Fahrzeug heraus.

„Sieh doch nur, wer es gesund und munter hierher geschafft hat", rief Mom, und ich stürmte auf sie zu und umarmte sie. An dem Punkt, an dem ich mittlerweile angelangt war, war es mir ein Bedürfnis, all meine Lieben in die Arme zu schließen, auch wenn ich das an diesem Tag bestimmt schon dutzende Male getan hatte. Anscheinend brauchte ich diese Streicheleinheiten, um meine gequälte Brautzilla-Seele zu beruhigen.

Oma Lyn wohnte zwar nur ein paar Stunden von Blueberry Bay entfernt, fühlte sich aber nicht mehr wohl dabei, längere Strecken allein zurückzulegen. Deshalb hatte Mom sich nur zu gerne bereiterklärt, ihre lange verschollene leibliche Mutter abzuholen. Und da sie nie ohne Dad irgendwohin fuhr, durfte er den Chauffeur spielen, eine Rolle, die er angesichts seiner Aufmachung – Anzug und dunkle Sonnenbrille – sehr ernst zu nehmen schien. Eigentlich würde er auch locker als Bodyguard durchgehen. Gerade noch so schaffte ich es, mir ein Lachen zu verkneifen. Meine Familie machte aus allem ein überlebensgroßes Drama, und ich stand ihr da in nichts nach. Blieb nur zu hoffen, dass Charles wusste, worauf er sich mit mir einließ.

Gerade als ich mit der ersten Umarmungsrunde fertig war und zur zweiten überging, raste ein rotes Audi-Coupé die Einfahrt hinauf und parkte direkt hinter Dads Geländewagen.

„Mami, Mami, wir sind wieder da!", bellte Paisley aus dem geöffneten Autofenster zu mir herüber. Alle Augen richteten sich auf den kleinen Hund, der stolz auf Sharons Schoß auf dem Beifahrersitz saß.

Oma Lyn warf mir einen fragenden Blick zu, der mich direkt wieder an etwas erinnerte. „Könntest du eventuell kurz mit mir ins Haus kommen, Oma? Es gibt da etwas, worüber ich dringend mit dir sprechen müsste. Wir sind gleich wieder da", versprach ich meinen Eltern, während Grandma und Sharon nach wie vor in dem kleinen Wagen saßen und an irgendetwas herumfummelten.

Dann zog ich Lyn mit mir mit ins Foyer und schloss die Tür hinter uns. „Auf dem Anwesen befindet sich ein Filmteam", verriet ich ihr atemlos.

„Du hast jemanden beauftragt, ein Video von deinem besonderen Tag zu drehen? Was für eine nette Idee!" Meiner leiblichen Großmutter stiegen vor Rührung die Tränen in die Augen.

„Nein, habe ich nicht." Ich senkte meine Stimme zu einem Flüstern und drückte mich ganz nahe an sie heran. „Einer der Gäste kam mit einer Reality-TV-Crew im Schlepptau hier an. Bis heute Morgen wusste ich noch nichts davon. Wir müssen wirklich vorsichtig sein mit, äh ..." Ich hielt inne und schaute mich misstrauisch um, „... dem, was wir können. Wenn uns die Kamera dabei einfängt, wie wir ... könnte das übel für uns ausgehen."

Oma Lyn sah allerdings nicht sonderlich besorgt aus, im Gegenteil: Sie besaß sogar die Frechheit zu lachen. „Ach, Angie. Ich habe es geschafft, dieses Geheimnis jahrzehntelang für mich zu behalten. Glaube mir, ich kann diskret sein. Das ist es doch, worüber du dir Sorgen machst, oder gibt es da noch etwas anderes?"

„Nein, genau das ist mein Problem", sagte ich, irritiert, wie locker sie die ganze Sache nahm.

„Dann lass uns wieder zu den anderen gehen." Sie legte mir ihre Hand auf den Rücken und dirigierte mich hinaus auf die Veranda, wo sich mittlerweile meine Eltern, Grandma, Sharon und Paisley versammelt hatten.

„Was für eine reizende Familie ihr doch seid", rief Sharon, und erst in diesem Moment wurde mir bewusst, dass ich Oma Lyn über Alpha und seine

Drohung, die Hochzeit zu sabotieren, ins Bild hätte setzen sollen. „Das ist ganz offensichtlich Ihre Mutter", fuhr sie fort und machte eine ausladende Handbewegung von meiner Mom hinüber zu Oma Lyn. „Die Ähnlichkeit ist wirklich frappierend. Was wiederum heißt, dass es sich bei der unbezwingbaren Grandma um Ihre Angehörige handeln muss, nicht wahr?", wandte sie sich an meinen Vater.

Niemand sagte etwas darauf, aber ich bemerkte aus den Augenwinkeln, wie Großmutter erstarrte. Dabei sollte sie doch wissen, wie sehr ich sie liebte. Neben Charles war sie der wichtigste Mensch in meinem Leben – und selbst jetzt noch stand sie mit meinem Beinahe-Ehemann in meinem Herzen auf der gleichen Stufe. Leider hatte sie schwere Zeiten durchmachen müssen, seit Pringle unwissentlich und versehentlich ihr großes Geheimnis enthüllte: dass sie weder mit mir noch mit Mom direkt verwandt war. Meine leibliche Oma Lyn hatten wir erst vor kurzem wiedergefunden, und ich freute mich, sie in unserer Sippe willkommen zu heißen.

Eigentlich freuten sich alle, außer Großmutter, die sich in einem Fort dafür entschuldigte, dass sie sich von einem alten Freund dazu hatte überreden lassen, bei dessen Komplott mitzumachen und sein Geheimnis zu wahren. Wahrscheinlich hatte sie nie vorgehabt, es uns zu sagen, aber dann war die Wahrheit eben doch ans Licht gekommen, und jetzt waren wir alle vereint ... unsere große, glückliche Familie war noch größer geworden. Na ja, das mit dem glücklich jedoch traf wohl nicht auf alle Mitglieder zu.

„Ach, ich Dummchen." Grandma tippte sich mit dem Finger so fest gegen die Stirn, dass dort ein leicht roter Fleck erschien. „Jetzt habe ich doch tatsächlich vergessen, bei der Reinigung vorbeizuschauen. Ich fahr gleich noch einmal los und ..."

„Aber nein, die chemische Reinigung war der erste Ort, den wir aufsuchten, nachdem wir diese beiden mageren Katzen abgesetzt hatten", entgegnete Sharon. Sie blies die Backen auf und verzog das Gesicht zu einer dümmlichen Grimasse. „Also, mager, weil sie halt so haarlos sind."

Grandma ignorierte ihren armseligen Versuch eines Scherzes völlig. Ihr Blick war starr auf den Boden gerichtet und wanderte dann hinüber zur Haustür. „Stimmt ja, die Katzen! Ich sollte wirklich mal nach ihnen schauen, um sicherzustellen, dass sie sich gut eingelebt haben."

„Großmutter", rief ich, bevor sie weglaufen konnte. „Ist schon okay. Bitte bleib hier."

Eigentlich dachte ich, Sharon würde unsere ungewöhnliche Familiendynamik verstehen, da sie mir ja geholfen hatte, die Identität und den Aufenthaltsort von Oma Lyn herauszufinden. Aber anscheinend hatte sie gerade viel zu viel im Kopf. Dennoch war es mit Sicherheit nicht ihre Absicht, mir meinen schönsten Tag zu versauen und Zwietracht zu säen, Gott bewahre.

Wahre Freunde wie sie waren rar gesät, und so hielt ich mich bewusst zurück, um sie nicht mit einer unbedachten Äußerung zu verletzen. Es wäre nicht fair, sie anzugehen, nur weil *ich* die Situation nicht unter Kontrolle hatte.

Oma Lyn trat nach vorne und legte einen Arm um Großmutter. „Eigentlich sind wir nur vorbeigekommen, um kurz Hallo zu sagen und zu sehen, ob unsere Hilfe benötigt wird", erklärte sie, nachdem sie sich wieder von ihr gelöst hatte.

Ich sah sie durchdringend an und ließ meinen Blick dann weiter zu Sharon wandern, die mittlerweile anscheinend über das von ihr Gesagte nachgrübelte und die wortlose Kommunikation direkt vor ihrer Nase überhaupt nicht mitbekam.

„Sharon, oder?", wandte Lyn sich nun direkt an sie. „Warum kommen Sie nicht einfach mit uns mit? Ich würde Sie liebend gerne besser kennenlernen."

„Großartige Idee!", warf ich vielleicht eine Spur zu enthusiastisch ein.

Unsere Reality-Star-Mutter strahlte. „Liebend gerne, solange ich meinen Chessy mitbringen darf. Ich habe ihn schon viel zu lange vernachlässigt."

„Selbstverständlich", riefen Mutter und Großmutter unisono aus. Kaum hatten sie die Worte ausgesprochen, als Sharon auch schon in Richtung Wald lief und begann, lauthals nach ihrem Katerchen zu rufen.

Nun, das erklärte, warum die Filmcrew ebenfalls diesen Weg eingeschlagen hatte. Blieb nur noch zu klären, was Chester dort zu suchen hatte? Könnte er in den bösen Plan der Möwe eingeweiht sein? Eigentlich sollte ich mir mehr Zeit für weitere Ermittlungen nehmen, aber der Tag wie auch die Nacht waren bereits minutiös verplant und es galt auch noch, den Zeitverzug aufzuholen.

Sollte ich Oma Lyn um Hilfe bitten? Nein, auf keinen Fall konnte ich riskieren, Grandmas Gefühle noch mehr zu verletzen. Außerdem machte ich mir nach wie vor Sorgen wegen des Filmteams, eine Tatsache, die sie allerdings nicht weiter zu tangieren schien.

Würde es mir eines Tages gelingen, ebenso souverän mit meiner Gabe umzugehen und keine Angst mehr haben, entlarvt zu werden?

Schwer vorstellbar.

Gerade im Moment konnte ich mir ja kaum ein Bild davon machen, wie mein Leben morgen aussehen würde – geschweige denn in den kommenden Jahren.

Nur noch ein Tag. Ich musste mich nur noch einen einzigen verdammten Tag lang zusammenreißen. Dann würde alles wieder seinen mehr oder weniger normalen Gang gehen.

7

Dem verzweifelten Blick nach zu urteilen, mit dem Grandma ihre Umgebung musterte, machte deutlich, dass sie und ich uns dringend unterhalten sollten. Leider blieb uns dafür keine Zeit. Kaum waren Mom, Dad, Oma Lyn, Sharon und Chessy aus dem Haus, rollte die nächsten Gästewelle an: meine Cousine Mags und ihre Großtante Linda.

„Da wären wir", verkündigte meine hellhäutige, blondhaarige Cousine munter.

„Die Party kann beginnen", trällerte Tante Linda. Glücklicherweise hatten sie zumindest ihren Kater Shadow zu Hause gelassen. Ganz ehrlich ... ich war definitiv ein Katzenmensch, aber einen weiteren anspruchsvollen Fell-Hausgast hätte ich nicht mehr ertragen, ohne den Verstand zu verlieren.

Mit der Ankunft meiner Verwandten aus Georgia waren nun auch die letzten auswärtigen Gäste für heute eingetroffen. Alle anderen würden erst morgen anreisen. Blieb nur zu hoffen, dass sich deren Flüge nicht in letzter Minute verspäteten, denn inzwischen waren es weniger als vierundzwanzig Stunden bis zum entscheidenden Höhepunkt.

Weniger als ein Tag.

Meine Nerven lagen blank.

Natürlich hatte auch Charles diverse Kunden, Kollegen und Freunde aus der Gegend eingeladen, nicht zu vergessen seine Verwandten aus Kalifornien, aber die meisten Personen, die auf der Gästeliste standen, entstammten doch meinem Umkreis. Und dann waren da ja auch noch all die Tiere, mit denen ich in den letzten Jahren zu tun gehabt hatte. Netterweise hatten sie sich bereiterklärt, vom Wald aus zuzusehen, um bei den Menschen keinen Verdacht zu erregen. Meine Freunde Bravo und Abigull – die guten Möwen – hatten hervorragende Arbeit geleistet, sämtliche ehemaligen Klienten, Zeugen und Komplizen aufzuspüren. Sogar Gloria, die Grizzly-Mama, der wir in Katahdin aus der Patsche halfen, hatten sie eingeladen, obwohl ich insgeheim hoffte, sie würde dem morgigen Event fernbleiben, denn ihr Erscheinen könnte unter den anwesenden Gästen und Haustieren zu einem ziemlichen Tohuwabohu führen. Vielleicht wäre es dennoch keine schlechte Idee, beim Caterer anzurufen und um zehn zusätzliche Fischgerichte zu bitten ... Nur für den Fall ...

„Geht es dir gut, Angie?", durchbrach Mags Stimme in diesem Moment meine Gedanken, und ihre blassen Augen spiegelten ihre Besorgnis wider. „Du kommst mir irgendwie so geistesabwesend vor."

„Entschuldigung, aber ich habe gerade einfach zu viel um die Ohren", antwortete ich wahrheitsgemäß. Anscheinend waren Großmutter und Tante Linda bereits ins Haus gegangen, denn ich stand mittlerweile allein mit meiner Cousine auf der vorderen Veranda. „Hattet ihr eine gut Fahrt?", erkundigte ich mich höflich, auch wenn ich im Geist schon wieder einen Schritt weiter war.

Plötzlich schoss ein dunkler Schatten über mich hinweg, und ich blickte gerade noch rechtzeitig nach oben, um zu sehen, wie ein weißer Federschopf hinter dem Dach abtauchte. Das konnte nur Alpha gewesen sein, oder?

„Danke, ja, relativ entspannt. Wir hielten nur an, um ..."

So ungern ich sie unterbrach, blieb mir leider keine andere Wahl. „Sind euch unterwegs irgendwelche Verfolger aufgefallen? Speziell Möwen, oder womöglich ein großer Schwarm dieser Vögel?", fragte ich, bemüht, Augenkontakt zu meiner Cousine zu halten und gleichzeitig den Himmel zu beobachten.

Mags schürzte die Lippen: „Bist du dir sicher, dass es dir gutgeht?"

„Das tut es, zumindest solange mir diese Wasservögel mir nicht meinen besonderen Tag ruinieren – oder eine ganz bestimmte Möwe." Ich stöhnte auf und verlagerte mein Gewicht von einem Fuß auf den anderen. Mittlerweile spürte ich jeden einzelnen Knochen in meinem Körper. Wann hatte ich eigentlich zum letzten Mal so richtig gut geschlafen? Nicht einmal daran konnte ich mich mehr erinnern.

„Aha, deshalb also dieser Baldachin aus Luftballons. Eigentlich fielen sie mir erst auf, als wir vor deinem Haus vorfuhren. Sie saßen im hinteren Garten und stierten zu uns herüber", sagte Mags und stieß mich spielerisch gegen die Schulter. „Aber bitte erkläre mir mal, wieso du glaubst, dass eine Möwe deine Hochzeit verhindern könnte?"

„Weil dieser spezielle Vogel es angedroht hat", sagte ich meiner in mein Geheimnis eingeweihten

Cousine und musste erneut an die angespannte Begegnung am Pier zurückdenken. „Oder zumindest angedeutet."

„So, für heute wären wir dann fertig", erschall die Stimme eines Mannes, der just in diesem Moment aus dem Wald trat. Richtig, die Filmcrew ... Die hatte ich ja komplett vergessen, und damit auch meine natürliche Vorsicht außen vor gelassen. Sollte ich diese Tortur – ja, so dachte ich mittlerweile über unsere Hochzeit – unbeschadet überstehen, würde das schon an ein kleines Wunder grenzen.

„Großartig!", rief ich dem Reality-Show-Typen zu, während meine Cousine mich neugierig musterte. Natürlich hatte sie ebenso wenig Ahnung wie ich bis vor kurzem, dass die komplette Zeremonie mit allem Drum und Dran auf Zelluloid festgehalten werden würde.

„So allmählich wird das Licht schwächer, von daher machen wir für heute lieber Schluss und konzentrieren uns auf die morgige Feier. Wir legen in aller Frühe los."

Auch gut. Es bedurfte keiner langatmigen Erklärungen. Hauptsache, sie verschwanden und nahmen die kreisende Möwe gleich mit. Ihr Chef erkundigte sich noch: „Könnten Sie uns ein gutes Restaurant empfehlen, wo wir uns etwas zu Essen besorgen können?"

„Unbedingt das Little Dog Diner in Misty Harbor. Die machen die besten Hummerbrötchen der Welt." Diese Antwort gab ich bereits so automatisiert, dass ich gar nicht mehr großartig darüber nachdenken musste. Und der Gedanke an meine Leibspeise bescherte auch mir einen kurzen Moment der Freude und Entspannung.

„Danke für den Tipp. Das werden wir uns direkt anschauen. Bis morgen dann."

Und weg waren sie. Sie packten ihre Ausrüstung in ihr Wohnmobil, das sie nach wie vor neben dem Haus geparkt hatten, und die Tatsache, dass mir das nicht einmal aufgefallen war, war ein deutliches Zeichen dafür, wie es um meine geistige Verfassung stand.

„Kann ich irgendetwas tun, um zu helfen?", bot Mags an. „Und wenn es einfach nur zuhören ist."

Bei diesen aufmunternden Worten brach es einem gewaltigen Sturzbach gleich aus mir heraus. Ich erzählte ihr alles: über die quengelnden Nacktkatzen, die beiden frisch verliebten Samtpfoten, die eine Familie gründen wollten, die Missstimmung zwischen meinen beiden Großmüttern, den Pfarrer, der in letzter Minute absagen musste …

„Bitte erlaube mir, dich an dieser Stelle kurz zu unterbrechen ", sagte Mags und legte mir die Hände auf die Schultern. „Ich könnte bei der Verehelichung einspringen."

Aufgrund dieses Vorschlags verdrehe ich entnervt die Augen. „Das ist total süß von dir, Mags, danke, aber ich würde Charles doch lieber selbst heiraten."

Sie versetzte mir einen spielerischen Klaps. „Nicht doch, du Dummchen. Ich meinte, ich kann die Trauung abhalten."

Verwirrt blinzelte ich sie an und wartete auf weitere Erklärungen, die glücklicherweise nicht lange auf sich warten ließen.

„Anfang dieses Jahres, um Ostern herum, habe ich diese TikTok-Videos gedreht, in denen ich im Zuge unserer neuen Holy Smokes-Serie geweihte Kerzen verkaufte. Sie schlugen ein wie eine Bombe und übertrafen sämtliche unserer Erwartungen. Und da ich keine Lust hatte, nach jeder neuen Charge den örtlichen Pastor aufzusuchen, um sie segnen zu lassen, beschloss ich kurzerhand, mich einfach ordinieren zu lassen. Also, zumindest technisch gesehen bin ich jetzt eine Geistliche."

„Das ist ja großartig, Mags." Endlich einmal schien etwas nach Plan zu laufen. War das womöglich ein Zeichen, dass sich das Blatt doch noch zu meinen Gunsten wendete? „Du bist meine Rettung in letzter Sekunde."

„Ich weiß", entgegnete sie mit einem stolzen Grinsen im Gesicht. „Es ist mein Bestreben, stets fantastisch zu sein. Also, wobei kann ich sonst noch behilflich sein?"

„Tatsächlich gäbe es da noch eine Sache", gab ich zu, bevor ich sie ins Haus führte. Kurz bevor ich eintrat, glaubte ich, einen weiteren weißen Blitz am Himmel zu bemerken, aber vielleicht war es auch schlichtweg nur meine Fantasie, die mir einen Streich spielte.

Mittlerweile war alles möglich, und diese Erkenntnis erschreckte mich.

„Der Kleine ist Jacques, und die Größere Jillianne. Es sind Charles' Katzen. Sie leben jetzt ebenfalls hier, aber weder sie noch Octocat sind sonderlich glücklich darüber."

„Ich finde es ätzend, dass heutzutage alle Menschen gleich aussehen", sagte Jacques und unterbrach sich beim hingebungsvollen Lecken seiner Pfote.

„Und mir gefällt es nicht, dass *sie* einfach eine komplett Fremde in unsere Angelegenheit hineinzieht“, merkte Jillianne an und kniff die Augen zusammen.

Ich musste mich schwer zurückhalten, um die Fassung zu wahren. „Das hier ist keine Fremde, sondern meine Cousine Mags.“

„Die mag ich ebenfalls nicht“, verkündete die Nacktkatzendame und schlug mit dem Schwanz nach mir, als wollte sie ihren Standpunkt unterstreichen.

Ich warf ihr einen warnenden Blick zu. Jacques allein wäre wahrscheinlich gar nicht so schlimm, aber leider schien er seiner Samtpfotenschwester hörig zu sein, was sich aber schlecht sagen ließ, da die beiden unzertrennlich waren.

„Sie kommen ursprünglich aus Frankreich. Ihre erste Besitzerin wurde ermordet, woraufhin Charles sie vor einigen Jahren adoptierte“, klärte ich Mags weiter auf. „Und sie haben nichts anderes zu tun, als sich pausenlos zu beschweren. Ich dachte mir, vielleicht könntest du ihnen dabei helfen, hier heimisch zu werden. Da du ihre Boshaftigkeiten nicht verstehen kannst, sollte es etwas einfacher sein.“

Meine Cousine schnappte nach Luft. „Boshaftigkeiten? Etwa über mich?“

„Aber nein!“ Ich schnitt eine kleine Grimasse, um

diese Notlüge zu vertuschen, was mir jedoch nicht wirklich gelang. Mags hatte mich direkt durchschaut. „Also doch über mich", brummte sie und ließ den Blick von einer Katze zu anderen wandern. „Egal. Ich weiß ja nicht, was genau sie so von sich geben, aber sollte es zum Kampf kommen, bin ich ihnen definitiv haushoch überlegen."

„Es gefällt mir nicht, dass sie uns einen Babysitter zuweist."

„Und ich finde es ätzend, dass diese Frau es sogar auf einen Kampf ankommen lassen will." In dem Moment war es mir sogar wurscht, welche Katze was sagte, so wütend war ich auf alle beide.

„Perfekt. Schon wieder rettest du mir das Leben", sagte ich und schenkte ihr ein überdimensionales Lächeln, um ihr zu verdeutlichen, wie sehr ich ihre Unterstützung zu schätzen wusste. „Ach, und während du sie im Auge behältst, könntest du vielleicht auch alle paar Minuten mal aus dem Fenster schauen und mir Bescheid geben, falls du irgendwelche Möwen entdeckst?"

„Natürlich kann ich das, aber woher soll ich wissen, ob es sich um die Guten oder die Bösen handelt? Wie kann ich sie voneinander unterscheiden?"

Verflucht, damit hatte sie natürlich recht. „Okay,

vergiss das mit den Möwen. Konzentriere dich einfach nur auf die beiden Unruhestifter hier."

„Du kannst dich auf mich verlassen", versprach sie und salutierte vor mir.

Ein Problem weniger. Damit blieb nur noch Alpha ...

8

„Bist du bereit für die letzte Anprobe deines Hochzeitskleids?", erkundigte sich Großmutter später am Nachmittag. So allmählich wurde es ruhiger, da sich sämtliche Gäste auf ihren Zimmern befanden und auch das stetige Männleinlaufen der Lieferanten zum Erliegen gekommen war.

Wie versprochen, behielt Mags Charles' Katzen im Auge. Sie hatte sich und die beiden in dem Gästequartier eingeschlossen mich angewiesen, unter keinen Umständen unangemeldet hereinzuplatzen, um ihr nicht die Überraschung zu verderben, an der sie arbeitete.

Christine wuselte durchs Haus und bot jedem ihre Hilfe an, einschließlich mir, aber nachdem ich sie ein paar Mal abgewiesen hatte, zog sie sich freiwillig zurück, auch weil unser Chihuahua Paisley, wo immer sie auftauchte, kläffend auf sie zustürzte und sie wieder in ihr Zimmer trieb.

„Bin ich dir eine Stütze, Mami?", fragte mich das kleine Hündchen gerade und wedelte so schnell mit dem Schwanz, dass mir ganz schwummrig wurde.

Vorsichtshalber verkniff ich mir eine Antwort und nickte nur. Die Filmcrew war zwar weg, aber die Besitzerin von Octocats Freundin kannte mein Geheimnis ebenfalls noch nicht. Sie vermutete lediglich, ich sei eine übertrieben verrückte Katzenlady, was ja auch irgendwie stimmte.

Die letzten Stunden waren wie im Flug vergangen. Ich hatte sie damit zugebracht, den Gästen und dem Servicepersonal auf den Wecker zu gehen, um sicherzustellen, dass für das morgige Event alles nach Plan lief. Glücklicherweise konnte ich die meisten Anrufe draußen im Garten erledigen, wo ich wild gestikulierend auf und ab schritt und dabei permanent den Himmel im Auge behielt. Von Alpha fehlte jede Spur, was mich jedoch nicht wirklich beruhigte. Ich würde weiterhin äußerst wachsam bleiben müssen.

Zunächst jedoch stand die Anprobe meines Hochzeits-Outfits auf dem Programm.

„Ich wäre dann soweit", rief ich Großmutter zu und beendete das Telefonat mit dem Caterer, bei dem ich vorsichtshalber ein paar zusätzlichen Fischgerichte bestellt hatte.

„Du siehst in dem Kleid deiner Mom so bezaubernd aus." Sie reichte mir das sorgfältig eingewickelte Teil und gab mir einen kleinen Schub in Richtung Treppe, damit ich mich fertig machen konnte. „Dieses Mal aber komplett mit Schleier, damit wir die volle Pracht zu sehen bekommen", fügte sie mit dem ihr eigenen süßen Lächeln hinzu.

Meine Mutter hatte mir angeboten, an meinem besonderen Tag ihr Kleid zu tragen, und diese Gelegenheit wollte ich mir natürlich nicht entgehen lassen. Niemand war so glücklich verheiratet wie meine Eltern – zumindest niemand, den ich kannte. Das war auch einer der Gründe, warum ich ein so extrem enges Verhältnis zu Grandma hatte. Mom und Dad waren von jeher sehr aufeinander fixiert gewesen. Also hatte ich mich an meine Großmutter gehalten, und seit ich denken konnte, waren wir die besten Freundinnen. Daran würde sich auch zukünftig als verheiratete Frau von meiner Seite aus nichts ändern.

Und diese finale Anprobe würde ich dazu nutzen, um ihr genau das zu sagen, was nach dem peinlichen

Gespräch mit Sharon auf der Veranda meiner Meinung nach auch bitter nötig war. Wahrscheinlich hatte ich es deshalb so eilig, in die Robe zu schlüpfen, ohne mir überhaupt die Mühe zu machen, mich im Spiegel zu betrachten, bevor ich die Treppe wieder hinunterhastete.

„Ich habe nachgedacht", fing ich an, „und ich möchte, dass du weißt …"

„Mein Gott, Angie! Du meine Güte!", unterbrach Großmutter mich und schlug die Hände vors Gesicht, aus dem innerhalb von Sekunden alle Farbe gewichen war. „Was ist denn mit deinem Brautkleid passiert?"

Verwirrt starrte ich sie an. Was war das denn jetzt für eine Art von makabrem Scherz? So etwas war ich von meiner reizenden Grandma gar nicht gewohnt. Vielleicht hatte der Stress des Tages auch sie an ihre Grenzen gebracht? Während ich sie stirnrunzelnd musterte, deutete sie mit einem zittrigen Zeigefinger auf meine elfenbeinfarbene Seidenschleppe. Ich drehte den Kopf, um besser sehen zu können, und musste feststellen, dass dem Spitzenbesatz und den zarten Perlen eine weitere unerwartete Verzierung hinzugefügt worden war – lange, wütende Krallenspuren, die den Stoff an mehreren Stellen glatt durchtrennt hatten.

Das Kleid meiner Mutter! Mein Kleid! Mein großer Tag! Neeeiiiiinnn!

Dieses Mal konnte ich die Tränen nicht länger zurückhalten. Während mir die salzigen Zeugen meiner Traurigkeit über die Wangen liefen, kam Pringle aus der Küche, eine Tüte Maispuff in Händen haltend.

Mit großen Augen beobachtete ich, wie er sich das das orangefarbene fettige Pulver von den schwarzen Fingern leckte. „Pringle!", brüllte ich. „Wie konntest du nur?"

Er hielt in seiner Bewegung inne. „Wie konnte ich was? Ach so, sorry. Die habe ich im Müll gefunden. Jemand hat sie offensichtlich aufgemacht, aber nicht aufgegessen. Ich habe mir nichts Neues aus deiner Speisekammer geholt, großes Ehrenwort. Wusstest du übrigens, dass sich das Kamerateam einer Reality-show hier rumtreibt? Wie es scheint, wurden meine Gebete erhört. Jetzt muss ich sie nur noch dazu bringen, zu erkennen, dass ich ein der Star bin, der ihnen fehlt und ..."

„Was hast du überhaupt in meinem Haus zu suchen?", verlangte ich zu wissen und stampfte mit dem Fuß auf wie ein wütender Stier.

Er lächelte, völlig ahnungslos, wie es gerade in mir aussah. „Du hast mich doch eingeladen, weißt du nicht mehr? Und mir versichert, in dem Fall wäre es okay, wenn ich reinkomme."

Ich drehte mich ruckartig um, sodass das Kleid um mich herumwirbelte. „Sieh dir bitte mal das hier an. Es ist komplett ruiniert. Wie konntest du mir das antun?"

So allmählich schien ihm ein Licht aufzugehen, worauf sich mein Wutausbruch bezog. Trotzdem kam er mir verwirrt vor. Fragte er sich, wie er so dumm hatte sein können, sich erwischen zu lassen? Seine Worte jedoch ließen etwas anderes vermuten. „Miss Angela, ich habe dein Kleid nicht angefasst, ich schwöre es! Ich würde doch niemals ..."

„Raus!", brüllte ich, stapfte zur Tür und riss sie dermaßen heftig auf, dass sie gegen die Wand knallte. „Geh mir aus den Augen und lass dir bloß nicht einfallen, dich morgen auf der Hochzeit blicken zu lassen. Du bist nicht willkommen!"

Der kleine Waschbär ließ die Tüte mit den Snacks auf den Boden fallen und schlich mit hängendem Kopf an mir vorbei, wobei er einem dieser deprimierten Charaktere aus den *Peanuts* glich.

Kaum war er draußen, schlug ich die Tür hinter ihm zu. Jetzt war es also tatsächlich passiert. Alpha hatte sich gerächt. Das Schlimmste daran war, dass dem armen Pringle nicht einmal bewusst war, wie er manipuliert wurde. Weiß der Teufel, wie die Möwe es geschafft hatte, ihn dermaßen unter Kontrolle zu bekommen, aber Fakt war, ihr Plan war aufgegangen. Sie konnte einen Insider auf ihre Seite ziehen – oder zumindest ein Tier, das Zugang zum Haus hatte – und ihn dazu bringen, mein geliebtes Kleinod unwiderruflich zu zerstören.

Nan kam auf mich zu und zog mich in ihre Arme, während ich zitterte, weinte und den Tag verfluchte, an dem ich diesen unruhestiftenden Waschbären getroffen hatte.

„Ich kenne jemanden, der es reparieren kann", flüsterte sie, als mein Schluchzen langsam nachließ. „Es wird nicht billig werden und auch nicht schnell gehen, aber wir können das Kleid trotzdem retten."

„Rechtzeitig zur morgigen Zeremonie?", fragte ich blinzelnd.

Sie presste die Lippen zusammen und schüttelte den Kopf, und auch in ihren Augen glitzerten Tränen. „Nein, Schatz, aber sieh es doch mal positiv." Sie legte ihre Hand unter mein Kinn und drehte meinen Kopf zu sich. „Das ist *die* perfekte Gelegenheit, dein Gelübde später zu erneuern – vielleicht an eurem einjährigen Hochzeitstag – und dann auch in dem perfekten Kleid."

Leider hatten ihre Worte die gegenteilige

Wirkung auf mich, und ich fing erneut an zu heulen. Im Moment war ich mir nicht einmal sicher, ob ich die erste Hochzeit überstehen würde ... warum also sollte ich mich freiwillig einer zweiten unterziehen.

„Und was jetzt?", schniefte ich und griff nach einem Taschentuch aus der Schachtel, die sie mir hinhielt. „Ich kann ja wohl schlecht in meinem Schlafanzug vor den Altar treten."

Sie schüttelte den Kopf und schob mir eine lose Haarsträhne hinters Ohr. „Charles liebt dich, nicht irgendein Kleid. Vertrau mir, Schatz, es ist egal, was du trägst, solange du am Altar auftauchst."

Ich lächelte. Wie lieb von ihr, ihre eigenen Ängste und Sorgen hintenan zu stellen und alles zu versuchen, mir zu helfen. Zumindest hatte sich nun das Thema mit Alphas Rache erledigt. Die hatte er bekommen, so viel stand fest. Also keine weiteren Unbekannten mehr, mit denen ich mich herumschlagen musste, richtig? Ab jetzt würde alles nach Plan laufen, oder?

„Es gibt für alles eine Lösung", beharrte Großmutter, ergriff meine Hand und drückte sie. „Dir stehen diverse Optionen zur Verfügung. Du könntest deine Mutter um ein anderes Kleid bitten, und es macht mir auch nichts aus, mir die Nacht um die Ohren zu schlagen, um gewisse Änderungen vorzunehmen. Oder aber du leihst dir eines von der örtlichen Theatergruppe aus. Sie haben ein paar wirklich schöne Gewänder von der letzten Fidler-Aufführung in ihrem Fundus, und wenn ich es recht bedenke, hast du ungefähr die gleiche Größe wie Tzeitel. Alternativ trägst du etwas, das du bereits im Schrank hast ... oder wir fahren nochmals kurz in die Stadt und gehen shoppen. Uns bleibt noch jede Menge Zeit. Wir könnten aber auch ...“

„Grandma“, unterbrach ich sie mit weinerlichem Lachen. Plötzlich kam mir eine Idee. Sie deckte sich zwar nicht mit dem ursprünglichen Plan, gefiel mir aber trotzdem. „Ich liebe dich und weiß all deine Vorschläge wirklich zu schätzen, aber wir müssen nichts davon tun.“

„Müssen wir nicht?“ Fragend legte sie den Kopf schief.

„Nein, denn ich hatte gerade die Idee schlechthin.“

9

Nach etlichen Stunden hatte ich endlich mein Ersatzhochzeitskleid aufgetrieben. Es wurde richtig spät. Eigentlich hatte ich gehofft, noch kurz mit Mags plaudern zu können, aber als ich leise an ihrer Tür klopfte, drang bereits ein sanftes Schnarchen zu mir heraus. Das arme Ding schien genauso erschöpft zu sein wie ich.

Also begab ich mich zu Christines Zimmer, um ihr eine gute Nacht zu wünschen und mich zu vergewissern, dass die Katzen ihr keinen Ärger bereiteten, aber sie schickte mich einfach weg. „Den Samtpfoten geht es gut, und mir ebenfalls. Los, gönn dir ein paar Stunden Schönheitsschlaf. Dein Tag morgen wird anstrengend."

Bevor ich mich jedoch umdrehen und ihrer

Anweisung Folge leisten konnte, zwängte Octocat sich durch den Türspalt und trat zu mir heraus auf den Flur. „Wir müssen nochmals über die Sache reden, die ich heute Nachmittag angesprochen habe", informierte er mich, und sein Ton klang ziemlich unheilvoll.

„Sorry, Kätzchen, aber definitiv nicht mehr heute Abend", erwiderte ich mit der Art von piepsiger Babystimme, die Menschen ihren Haustieren gegenüber anschlugen. „Du gehst jetzt brav wieder da rein."

„Das wirst du noch bereuen. Unsere nächste Unterhaltung wird weniger angenehm ausfallen." Damit machte er auf dem Absatz kehrt und verschwand in seinem Reich.

Katzen! Jede einzelne von ihnen stellte eine Herausforderung dar, und ab jetzt besaß ich drei von der Sorte – eine, die mich zumindest manchmal ganz erträglich fand und zwei, die aktiv gegen meine bloße Existenz ankämpften. *Wenn da keine Freude aufkam ...*

Danach stellte ich mich kurz unter die Dusche und stellte mir vor, wie all die Sorgen von meinem Körper abgespült wurden und gurgelnd im Abfluss verschwanden. Anscheinend hatte ich mir im Laufe der Jahre wohl versehentlich doch ein oder zwei

Meditationstechniken von Großmutter abgeguckt. Wie dem auch sei, all diese Visualisierungstechniken halfen mir tatsächlich, meine Ängste in den Griff zu bekommen. Vielleicht sollte ich zukünftig ein paar Mal die Woche mit ihr zum Yoga gehen ... das wäre auch eine gute Ausrede, um mehr Zeit mit meiner Lieblings-Granny und besten Freundin zu verbringen. Sosehr ich mich auch auf Charles' Einzug freute, ich würde sie und die kleine Paisley schmerzlich vermissen. Vielleicht könnte ich sie überreden, mir in ihrem Haus ein Büro einzurichten. Damit könnte ich zwei Fliegen mit einer Klappe schlagen: sie beinahe täglich sehen und endlich auch wieder mehr und regelmäßiger arbeiten.

Mit diesen glücklichen Visionen von Tagen mit Großmutter und Nächten mit Charles im Kopf dauerte es nicht lange, bis ich ins Traumland abdriftete, da ich wusste: Wenn ich das nächste Mal die Augen öffnete, wäre es soweit.

Gedämpftes Geraune riss mich aus dem Schlaf. Die digitale Uhr auf meinem Nachttisch war gerade auf Mitternacht umgesprungen, und damit war es technisch gesehen bereits mein Hochzeitstag.

Weiteres Geflüster bahnte sich den Weg in mein

Bewusstsein, allerdings konnte ich nicht mit Sicherheit sagen, woher die Stimmen kamen – von draußen vor dem Fenster oder von vor meiner Tür. Also stand ich auf, um nachzusehen, entdeckte aber niemanden. Hmm, vielleicht waren es die Mäuse unter den Dielenbrettern? Mit kleinen Tieren hatte ich zwar bis dato noch nicht kommuniziert, aber warum sollte meine seltsame Gabe nicht plötzlich zum denkbar ungünstigsten Zeitpunkt und ohne jegliche Erklärung stärker werden?

Ich lauschte angestrengt, schaffte es jedoch nur, Bruchstücke des Gesprächs aufzuschnappen. „Du gehst ... Dann werde ich ... Und danach ... Überraschung." Die letzten Worte wurden von einem heiseren Kichern begleitet.

Vielleicht hatten Mags und Großmutter sich zusammengetan, um diese von meiner Cousine angedeutete Überraschung vorzubereiten? Das musste es sein. Leise Stimmen in der Nacht bedeuteten ja nicht zwangsläufig Ärger, oder?

Ich sollte dringend an meiner Einstellung arbeiten und mir am besten den kleinen Chihuahua als Vorbild nehmen. Mich für Optimismus und Freude und gegen Angst und Sorge entscheiden. Schließlich war dies mein Hochzeitstag, und er sollte und würde perfekt werden ...

Oder zumindest so, dass man ihn irgendwie überstand …

Gefühlt nur wenige Minuten später riss mich das Klingeln meines Telefons aus dem Schlaf, aber bevor ich das Gespräch annehmen konnte, wurde der Bildschirm schwarz. Mist! Ich musste vergessen haben, es letzte Nacht aufzuladen. Also schloss ich das Handy ans Stromnetz an und begab mich nach unten, um nachzusehen, was der Rest der Familie und Gäste so trieb.

Nachdem ich eine Kanne Kaffee aufgesetzt hatte, ging ich mit Paisley nach draußen, damit sie ihre morgendliche Pinkelrunde absolvieren konnte. Großmutter war entweder noch nicht wach oder bereits unterwegs, um auf den letzten Drücker noch etwas zu besorgen. Netterweise hatte sie mir eine leckere Quiche in den Ofen gestellt, und so goss ich mir einen Becher Kaffee ein und machte mich darüber her.

Moment mal …

Ich hatte gerade selbst Kaffee gekocht.

Und mir eine Tasse eingeschenkt.

Ich war geheilt!

Oder aber die Furcht vor der Hochzeit so groß,

dass ich darüber meine andere, sehr rationale Angst vergessen hatte. Seit ich vor zwei Jahren von einer dämonischen Kaffeemaschine ausgeknockt worden war – was mir zu meiner Fähigkeit verhalf, erst mit Octocat und später auch mit anderen Tieren sprechen zu können –, hatte ich totalen Bammel davor, solch ein Teil auch nur zu berühren.

Und jetzt das!

Wie auch immer, dem Himmel sei Dank für kleine Wunder – oder in diesem Fall für große.

Ich beschloss, es als ein gutes Zeichen anzusehen. Gott und das Universum schienen heute auf meiner Seite zu sein, und somit sollte unserer Vermählung nichts mehr im Wege stehen.

Mit einem beinahe schon manischen Kichern schenkte ich mir eine zweite Tasse Columbia Dark Roast ein und schwebte wie auf Wolken die Treppe wieder hinauf. Mein Handy war inzwischen so weit aufgeladen, dass ich es einschalten konnte – und ich musste feststellen, dass ich sieben Anrufe verpasst hatte, alle von einer unbekannten Nummer. Mist.

Allerdings hatte niemand auf die Mailbox gesprochen und auch keine zusätzliche Textnachricht geschickt. Also entschied ich mich zu glauben, dass es nichts Wichtiges gewesen sein konnte.

Ich hatte gestern viel zu viel Zeit und Energie

darauf verwendet, mir Sorgen zu machen und darauf zu warten, dass etwas schiefging. Das würde ich heute nicht nochmals tun.

Sämtliche Vorbereitungen waren offiziell abgeschlossen. Es war eh zu spät, nochmals losziehen, Dinge zu besorgen oder Missstände zu beheben. Mit blieb nichts weiter übrig, als die Zeit totzuschlagen, bis ich endlich zu den Takten des Hochzeitsmarsches zum Altar würde schreiten dürfen.

Irgendwie fühlte es sich seltsam an, so tatenlos herumzusitzen, nachdem ich die ganze Woche über wie ein kopfloses Huhn durch die Gegend gerannt war. Okay, natürlich musste ich mich noch anziehen und schminken, aber das würde nicht lange dauern, vor allem nicht mit Großmutters, Mags, Moms und Oma Lyns Hilfe.

Da ich gerade wirklich nichts mit mir anzufangen wusste, rief ich Charles an, einfach um seine Stimme zu hören. Wenn wir das nächste Mal miteinander sprachen, wäre er bereits mein Mann – *mein Ehemann!*

Allerdings ging nicht er ran, sondern seine Mutter. „Guten Morgen, Schwiegertochter", begrüßte sie mich heiter. „Hast du vergessen, dass du nicht mit Charles sprechen darfst, bis es Zeit ist, euch das Jawort zu geben? Das bringt sonst Unglück."

Upps, mir war nicht klar gewesen, dass sie so früh ankommen würden. Mein Verlobter musste bereits seit dem Morgengrauen auf den Beinen sein, um sie vom Flughafen abzuholen.

„Wir brauchen kein Glück“, sagte ich mit einem verträumten Lächeln. „Wir haben doch uns und unsere Liebe.“

Meine zukünftige Schwiegermutter kicherte gutmütig. „Nur noch ein paar Stunden, Liebes, dann ist er für immer der Deine.“

Wir beendeten das Gespräch, und auch wenn es mich ein wenig irritierte, dass Charles' Mutter unsere Kommunikation kontrollierte, respektierte ich dennoch ihre Tradition. Und mit Einem hatte sie durchaus recht: Es würde nicht mehr lange dauern.

Der Countdown hatte sich von Tagen auf Stunden verkürzt, genauer gesagt auf drei Stunden und sechsundzwanzig Minuten, bis zu unserem großen Moment.

Und diese kurze Wartezeit sollte selbst ich überstehen ...

10

Erneut machte ich mich auf den Weg nach unten, um nach den anderen zu sehen. Es war doch nicht möglich, dass ich als Erste und Einzige auf war. So etwas hatte es bisher noch nie gegeben.

Keiner unserer Übernachtungsgäste ließ sich blicken, allerdings entdeckte ich das Fernsehteam, das sich wieder einmal im Vorgarten herumtrieb. Die Kameras waren auf die langhaarige weiße Katze gerichtet, während Sharon am Rand des Geschehens heftig gestikulierte. Ob sie versuchte, Chester zu ermutigen oder die Aufmerksamkeit auf sich zu lenken, ließ sich nicht mit Sicherheit sagen. Allerdings fragte ich mich, was Chessy wohl von dem ganzen Tamtam um seine Person hielt. Bisher hatte ich noch nicht die Gelegenheit gehabt, ihn zu fragen, und Zweifel, dass ich es heute schaffte. Ich überlegte, wie Octocat wohl reagieren würde, wenn er der Star einer eigenen Show wäre. Die Bewunderung würde er bestimmt genießen, die konstante Störung seines ureigenen Zeitplans hingegen verabscheuen. Nein, wenn wir eines Tages unsere Heldentaten mit der Welt teilen sollten, würde er wahrscheinlich ein anderes Medium bevorzugen ... vielleicht eine Buchserie.

Vor mich hin lächelnd machte ich mich auf in Richtung Küche, um mir eine weitere Tasse Kaffee einzuschenken. Heute würde ich sämtliche Kraft und Energie brauchen, egal aus welchen Quellen sie auch kam.

„Oh, sehr gut. Da bist du ja!", rief Großmutter und stürmte auf mich zu, als wäre ich diejenige, die sich versteckt hatte.

„Hier bin ich", stimmte ich zu.

„Worauf wartest du dann noch? Lass uns dich schick machen." Sie nahm mir den Becher aus der Hand, stellte ihn auf den Tresen und zog mich mit sich in Richtung Treppe. Wir begaben uns in ihr Schlafzimmer, wo sie auf ihrem altmodischen Waschtisch bereits jede Menge Kosmetik- und Haarstylingartikel aufgereiht hatte. Oma Lyn stand wartend an dem großen Fenster, das einen malerischen Blick auf den Garten bot und an dem Grandma normalerweise an ihren Kunstwerken arbeitete.

„Wir haben uns entschlossen, im Team zu arbeiten. Stimmt's, Marilyn?", sagte Großmutter, zog den Stuhl unter der Frisierkommode hervor und deutete mir an, mich zu setzen.

Lyn kam herüber, legte mir eine Hand auf die Schulter und betrachtete unser Konterfei in dem übergroßen Spiegel. „Genau, Dorothy."

Irgendwie machte es natürlich Sinn, dass sie sich beim Vornamen nannten, fühlte sich aber trotzdem seltsam an, zu sehen, wie sie einerseits so förmlich, andererseits auch wieder so kumpelhaft miteinander umgingen.

„Ich kümmere mich um die Frisur", verkündete Großmutter, schnappte sich einen Lockenstab und wedelte damit in der Luft herum.

„Und ich mich um dein Make-up", ergänzte Oma Lyn, ohne jedoch irgendwelche Requisiten in die Hand zu nehmen, um ihre Aussage zu unterstreichen.

Mit diesem Arrangement war ich mehr als zufrieden, hatte ich mir doch schon Sorgen gemacht, dass meine ehemalige Broadway-Großmutter versuchen könnte, mir ein übertriebenes Bühnen-Make-up ins

Gesicht zu kleistern oder zumindest den heißen, auffälligen rosa Lippenstift aufzutragen, den sie so sehr liebte. Oma Lyns Stil war da wesentlich dezenter ... eigentlich kein Wunder, hatte sie doch jahrzehntelang versucht, ihre Persönlichkeit vor der Welt zu verbergen.

„Wo ist dein Kleid?", erkundigte sie sich, während sie die Auswahl an Kosmetika auf dem Waschtisch studierte. „Dorothy hat mir auf der Fahrt hierher erzählt, was passiert ist. Welch eine Tragödie."

Ich nickte, dehnte mich ausgiebig und genoss die letzten kostbaren Minuten freier Beweglichkeit, bevor die beiden Ladys mich umdrehten, an mir herumzerrten und mich ermahnten, stillzuhalten. „Das ziehe ich erst an, wenn wir hier fertig sind. Es soll eine Überraschung werden."

„Bekommen wir nicht wenigstens einen kleinen Vorgeschmack darauf?", neckte sie mich lächelnd.

„Nein. Du wirst dich genauso gedulden müssen wie alle anderen." Diese Bemerkung brachte mir ein entnervtes Stöhnen von Grandma ein, die begonnen hatte, meine sandfarbenen Locken mit einer Bürste zu bearbeiten.

„Ich kann immer noch nicht glauben, dass der Waschbär so etwas tun würde. Sagtest du nicht selbst, er hätte so sehr an sich gearbeitet?", fügte sie stirnrunzelnd hinzu.

„Tja, also ..." Ich hielt inne und deutete mit dem Kinn in Richtung Fenster „Hey, Oma Lyn, würdest du das bitte schließen?" Mit dieser Drehung machte ich zwar Grandmas bisherige Bemühungen zunichte, musste aber einfach sicherstellen, dass unser Gespräch nicht versehentlich für das Finale der Reality-Show aufgezeichnet wurde.

Meine Oma durchquerte das Zimmer, schob das Fenster zu und verriegelte es. „Ich höre nur zu gerne etwas über die Tierdramen in deinem Leben." Ihre Augen leuchteten vor Aufregung, als sie an die Kommode zurückkehrte.

„Nun, Pringle – das ist der Waschbär, der hinten in unserem Garten haust – ist von Natur aus neugierig. Er war es auch, der herausfand, dass ..." Gerade, als ich zu meiner Erklärung ansetzen wollte, dass wir erst durch ihn über meine lang verschollene leibliche Großmutter erfahren hatten, fiel mir ein, dass ich Grandma damit wahrscheinlich erneut verletzen würde. „Egal, vergiss es."

Schnell fuhr ich fort und hoffte, mein Fauxpas wäre unbemerkt geblieben. „Jedenfalls hat er vor einer Weile angefangen, den Treffen der örtlichen Anonymen Alkoholiker beizuwohnen, wenn auch nur als stiller Beobachter von außen durchs Kirchenfenster. Und er durchläuft deren Zwölf-Schritte-Programm."

„Das ist doch eine gute Sache, oder? Wenn alle Waschbären solch eine Umsicht an den Tag legen würden, wäre die Welt viel weniger chaotisch. Mein letztes gemietetes Haus beispielsweise hatte ich bewusst weit abseits vom Wald gewählt, in der Hoffnung, es gäbe dort weniger maskierte Klatschbasen. Leider ging meine Rechnung nicht auf."

„Grundsätzlich ist es natürlich eine gute Sache." Meine Augen suchten die von Grandma im Spiegel. Obwohl sie eifrig dabei war, mein Haar zu scheiteln und hochzustecken, schien sie mir doch genau zuzuhören. „Leider scheint er sich mit dem verfluchten Alpha angefreundet zu haben. Das ist eine Möwe, die ich mir zum Feind gemacht habe, und er hat gedroht, die Hochzeit zu sabotieren. Und das Ganze passierte nur wenige Tage, bevor er" – mit den Händen beschrieb ich Anführungszeichen in der Luft – „Pringle dazu überredete, sein ungebührliches Verhalten unter Kontrolle zu bekommen."

Oma Lyn sah mich entsetzt an. „Du glaubst also, dass der Vogel Pringle sozusagen einer Gehirnwäsche unterzogen hat und für seine üblen Pläne nutzt?"

„Bingo." Aus meinen Fingern formte ich den Lauf einer Pistole und zielte auf den Spiegel.

„Armer Waschbär. Anscheinend hat er keine Ahnung, dass er nur benutzt wird", sagte Oma Lyn seufzend.

Grandma bearbeitete weiterhin schweigend meine Locken. Irgendetwas schien sie zu beschäftigen. Schließlich setzte sie an: „Ich weiß nicht, Schätzchen. Zwar kann ich nicht selbst mit den Tieren sprechen, habe aber dennoch das Gefühl, sie gut zu kennen. Und der kleine Kerl mag eine lebhafte Fantasie haben, aber ich kann mir nicht vorstellen, dass er dir absichtlich weh tun würde. Speziell nicht an deinem ganz besonderen Tag."

Ich zuckte mit den Schultern. „Keine Ahnung, lass uns dieses Thema einfach abhaken, okay? Du hast Moms Kleid schon an deine Schneiderin geschickt, oder?"

Sie nickte, während nun auch Oma Lyn endlich zur Tat schritt. Sie wühlte sich durch sämtliche Kosmetika, zog eine Flasche mit einer cremigen Grundierung nebst Schwamm hervor und machte sich daran, mich zu verschönern.

Ich lächelte und beschloss, mich ab sofort endgültig nur auf das Positive zu konzentrieren und nicht wieder zuzulassen, dass mich wie gestern die

Angst übermannte. „Es läuft vielleicht nicht alles nach Plan, aber doch halbwegs gut, oder nicht? Wir werden diese Hochzeit ohne weitere Zwischenfälle über die Bühne bringen. Und auch in Bezug auf Alpha muss ich mir nicht weiter den Kopf zerbrechen. Er hatte seine Rache, richtig?"

Ich schaute in den Spiegel und erwartete von beiden zumindest ein zustimmendes Nicken. Stattdessen sah ich, wie Grandma erblasste.

„Großteils hast du recht, Liebes, aber da wäre noch eine winzige Kleinigkeit, die du wissen solltest", murmelte sie.

Bitte Nein! Ich holte tief Luft und wappnete mich für die schlechten Nachrichten, die ich gleich zu hören bekommen würde.

„Also die Ringe für dich und Charles ... Na ja, wie es scheint sind sie verschwunden, aber wir werden sie bestimmt noch rechtzeitig finden! Ich habe Christine gebeten, uns bei der Suche zu unterstützen, da deine Cousine nach wie vor an dieser Überraschung für dich arbeitet. Und sollte der schlimmste Fall eintreten und sie nicht rechtzeitig zur Beginn der Trauung wieder auftauchen, könnte ich dir immer noch einen Ersatz anbieten ... den Ring deines Großvaters und meinen. Wie du also siehst, wir haben alles im Griff. Und eure eigenen könnt ihr euch dann bei der zweiten Zeremonie anstecken, wenn du das Kleid deiner Mutter trägst …"

„Grandma", unterbrach ich ihren Redeschwall, und obwohl mir erneut das Herz in die Hosentasche gerutscht war, riss ich mich zusammen. „Wahrscheinlich haben wir sie gestern Abend bei dem ganzen Drama um das Kleid irgendwo verlegt, aber mach dir darüber keine Gedanken. Nur zu gerne nehmen wir dein Angebot an."

Sie musterte mich einen Moment lang prüfend. „Bist du dir da ganz sicher?"

„Absolut sicher", bestätigte ich und zwang mich zu einem breiten Grinsen. „Aber ich denke, es könnte nichts schaden, wenn wir uns eine deiner Meditationskassetten anhören, während wir uns fertig machen …!"

11

Ich blinzelte mir in dem Spiegel zu, der über Großmutters antiker Frisierkommode hing.

„Nun, Angie, gefällst du dir?", fragte Oma Lyn mit angehaltenem Atem, und Großmutter huschte mit erhobenem Handspiegel um mich herum, damit ich meine Hochsteckfrisur von allen Seiten bewundern konnte. Heute hatte sie sich wirklich selbst übertroffen. Meine weichen Locken waren zu einem eleganten Dutt zusammengefasst, auf dem eine Art kleines Krönchen aus Schleierkraut thronte.

„Ihr zwei solltet ein Geschäft eröffnen", lobte ich sie lächelnd, während ich erneut blinzelte, um den geschickt aufgetragenen Lidschatten zu bestaunen. „Noch nie zuvor in meinem ganzen Leben habe ich mich so glamourös gefühlt."

Beide Frauen klatschten in die Hände und blickten äußerst zufrieden drein, ein weiterer Beweis dafür, wie ähnlich sie sich eigentlich waren. Das hatte ich vom ersten Moment an erkannt, und sie mittlerweile hoffentlich ebenfalls.

„Und jetzt lass mich noch den Schleier anbringen." Grandma eilte hinüber zu ihrem Bett und brachte das zarte Spitzenaccessoire zu mir herüber.

„Dein Bräutigam wird den Verstand verlieren, wenn er dich auf sich zukommen sieht", versicherte mir Oma Lyn, und dann machten sie sich mit vereinten Kräften daran, das edle Nichts aus Tüll unter der Haarpracht festzustecken.

Mein Herz raste vor Glückseligkeit. Auch wenn der große Moment noch nicht gekommen war, war auch jetzt schon alles mehr als perfekt. Wie sehr hatte ich mir genau das gewünscht ... dass meine beiden Großmütter die Abgründe der Vergangenheit hinter sich lassen und wir einer gemeinsamen Zukunft entgegensehen könnten.

Just in dem Moment, als ich meine Gedanken auf tiefsinnige Weise zum Ausdruck bringen wollte, klingelte mein Handy, das ich auf der Kommode abgelegt hatte, und zerstörte die Magie des Augenblicks.

„O Mist, könnte mal bitte eine von euch rangehen?", flehte ich, als mir klar wurde, dass ich mich besser nicht bewegte, bis alles fixiert war. „Da sind auch noch mindestens ein halbes Dutzend verpasster Anrufe von vorhin drauf. Es scheint etwas Dringendes zu sein.“

Oma Lyn schnappte sich das Telefon, während Grandma sich weiterhin dem Schleier widmete. Sie stellte auf Lautsprecher und meldete sich: „Hallo?“

„Hey, Angie. Hier spricht Dana. Wir sind auf dem Weg zu Ihnen, aber mir ist gerade aufgefallen, dass meine Assistentin vergessen hat, das vegane Essen einzupacken. Wenn wir jetzt nochmals kehrtmachen, schaffen wir es nicht rechtzeitig, das Buffet für das Mittagessen aufzubauen, was wiederum bedeuten würde, dass alle Gäste warten müssten. Tut mir wahnsinnig leid, aber ich wollte mich mit Ihnen abstimmen, bevor ich eigenständig eine Entscheidung treffe.“

Klasse. Während ich noch überlegte, wie dieses Problem zu lösen sei, nahm Großmutter mir bereits die Entscheidung ab.

„Kein Problem. Ich ziehe los und besorge etwas“, bot sie an, aber ihre Worte glichen eher einem Grunzen, weil diverse Haarklammern zwischen ihren Lippen steckten.

„Echt, Grandma, ist das dein Ernst?“ Erneut suchte ich ihren Blick im Spiegel, nicht sicher, welche Antwort ich hören wollte. Eines jedoch war mir absolut klar: „Du darfst auf keinen Fall die Trauung verpassen."

„Keine Sorge, uns bleibt genug Zeit, um das zu organisieren. Ich habe einen Freund im Restaurant-Business, der mir noch einen Gefallen schuldet. Und bei der Gelegenheit kann ich gleich mal bei Grant vorbeischauen. Ich habe den ganzen Tag noch nichts von ihm gehört, obwohl er schon vor mindestens einer Stunde hätte aufschlagen sollen."

„Ich begleite dich, Dorothy", mischte Oma Lyn sich ein, während sie die verschiedenen Make-up-Behälter vom Waschtisch nahm und in einer Nylon-tasche verstaute. „Solche spontanen Aktionen machen doch viel mehr Spaß, wenn man Gesellschaft hat."

„Okay", stimmte ich resigniert seufzend zu. „Danke für die Vorwarnung, Dana, aber wie es aussieht, haben wir alles im Griff."

Tatsächlich war nur ein einziger meiner Gäste Veganer, der jedoch stand zu einhundert Prozent zu dieser Einstellung, und ich wollte keinesfalls, dass er sich ausgeschlossen fühlte, während alle anderen das Essen genossen. Diese Person war Frank aus der Zoohandlung, und er sollte nicht den Eindruck bekommen, er wäre nicht willkommen, da er sich mit sozialen Kontakten eh schon schwertat. Eigentlich sollte ich mich geschmeichelt fühlen, dass der eingefleischte Einzelgänger sich tatsächlich dazu durchgerungen hatte, mit mir zu feiern.

Wir beendeten das Gespräch, und Grandma warf die Hände in die Luft und stieß einen kleinen Siegesschrei aus. „Geschafft!"

Mit äußerster Vorsicht erhob ich mich und umarmte meine beiden Helferinnen, bevor ich sie entschieden in Richtung Tür schob. „Tausend Dank. Ich liebe euch beide. Jetzt aber raus mit euch. Uns bleibt gerade mal eine Stunde, bis es losgeht, und ihr müsst unbedingt rechtzeitig zurück sein."

„Okay, aber wenn du etwas brauchen solltest ..."

„Dann bitte ich jemand anderes um Hilfe. Und jetzt fahrt!"

Die beiden älteren Frauen eilten hinaus, und gleichzeitig kam der kleine Hund hereingestürmt. „Mami, ich bin hier!", begrüßte Paisley mich freudig bellend. „O mein Gott, wie grandios du aussiehst. Wie ein Cocker Spaniel ..." Sie schien zu überlegen. „Oder wie ein Pudel."

Ich musste lachen. „Danke, Paisley. Ich fühle mich auch wunderschön", gab ich zu. „Denkst du, ich werde Charles gefallen?"

„Er wird ausrasten vor Liebe. Obwohl ich ehrlich

zugeben muss ... du bist genauso toll, wenn du früh in deinem Pyjama aufwachst und dein Atem komisch riecht." Bei dieser Anmerkung wedelte sie so heftig mit dem Schwänzchen, dass ihr kompletter kleiner schwarzer Körper zitterte ... Ein untrügliches Zeichen dafür, dass es sich um ein ernst gemeintes Kompliment handelte.

Vorsichtig kniete ich mich nieder und streichelte ihr über das Köpfchen, woraufhin sie nur noch mehr erbebte.

Also nahm ich das kleine Bündel in die Arme und ging hinüber zum Fenster. „Was ist da draußen los? Gibt es etwas, das ich wissen sollte?"

„Jede Menge Männer mit Kameras und großen Stöcken, die durch die Gegend rennen, und immer mehr Menschen treffen ein. Aber keine Sorge, ich habe alles im Griff und jeden von ihnen erst einmal angebellt."

Ich kicherte. „Vielen Dank, dass du so aufmerksam bist."

Sie hörte kurz auf, mit dem Schwanz zu wedeln und erklärte feierlich: „Aber das ist doch meine heilige Pflicht als Wachhund."

„Natürlich. Und sonst? Ist Charles schon da?"

Erneut kam Bewegung in ihr Schwänzchen. „Ich

rieche ihn zwar, aber gesehen habe ich ihn noch nicht."

Dann wurden wir beide still und beobachteten von unserem geheimen Platz am Fenster aus den Garten. Viel konnte ich nicht erkennen, da der Ballon-Baldachin einen Großteil des Geländes verdeckte. Hin und wieder allerdings sah ich die Silhouetten von Menschen, die darunter umherliefen.

Plötzlich versteifte sich Paisley. Ihr Fell sträubte sich und sie stieß ein scharfes, hochfrequentes Bellen aus, so wie sie es immer tat, wenn sie einen anderen Hund in der Nähe unseres Grundstücks witterte.

Offensichtlich war Großmutters Freundin Gertie mit ihrem Husky-Mix Cujo angekommen. Ja, in meinem Leben gab es viele Katzen, aber im Vergleich dazu relativ wenige Hunde. Der temperamentvolle Cujo war Grandmas Laufkumpel, und mir hatte er einmal bei einem früheren Fall geholfen, bei dem es galt, den entführten Golden Retriever des ehemaligen Bürgermeisters aufzuspüren. Ach, so viele Erinnerungen …

„Shh, alles gut", sprach ich beruhigend auf sie ein und streichelte ihr über den Rücken. „Wir haben sie ebenfalls eingeladen, erinnerst du dich? Ich verspreche, dass niemand dabei sein wird, der nicht willkommen ist."

Sie ließ die Ohren hängen. „Bist du dir ganz sicher?"

„Natürlich bin ich das", erwiderte ich, obwohl dem nicht so war. Andererseits, wer würde schon mitten am Nachmittag in eine Kleinstadthochzeit in Maine platzen?

Paisley richtete den Blick irgendwo in die Ferne und fuhr fort, wobei ihr Stimmchen ganz dünn und leise klang. „Wirst du auch dann noch meine Mami sein, wenn ich weggezogen bin?"

Autsch, eine heftige Frage.

„Natürlich, Schätzchen. Ich werde dich immer lieben und Teil deines Lebens bleiben. Aber du weißt, dass Großmutter dein eigentliches Frauchen ist, nicht wahr? Sie ist diejenige, die dich aus dem Tierheim geholt hat und wäre ganz arg traurig, wenn sie sich von dir trennen müsste."

„Aber bist du nicht auch traurig, dass ich weggehe? Ich zumindest bin es. Eigentlich will ich nämlich gar nicht fort von hier." Die letzten Worte waren nur noch ein kaum hörbares Wimmern. Wenn ich nicht aufpasste, würde ich gleich anfangen zu weinen und das Make-up ruinieren, mit dem Oma Lyn sich solche Mühe gegeben hatte.

„Ich werde dich sehr vermissen, verspreche aber,

fast täglich bei euch vorbeizuschauen. Es wird sich also gar nicht so viel ändern."

„Ehrenwort?" Sie starrte mich mit großen schwarzen Augen an, in denen … Tränen schimmerten? Nein, eigentlich glänzten die immer so, ganz egal, wie sie sich fühlte.

„Ich …" Bevor ich meinen Satz beenden konnte, drang ein lautes Poltern vom Flur zu uns herein und lenkte unsere Aufmerksamkeit auf die Tür.

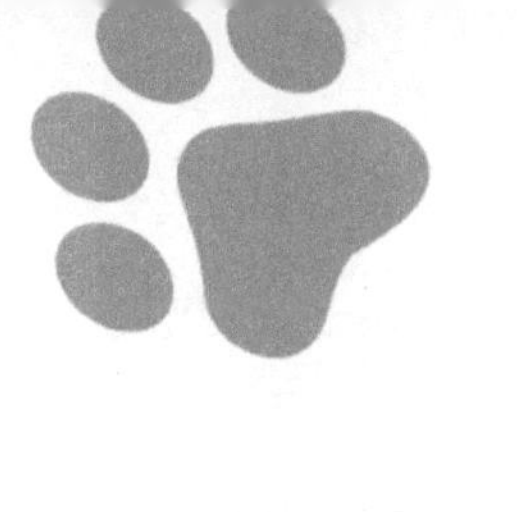

12

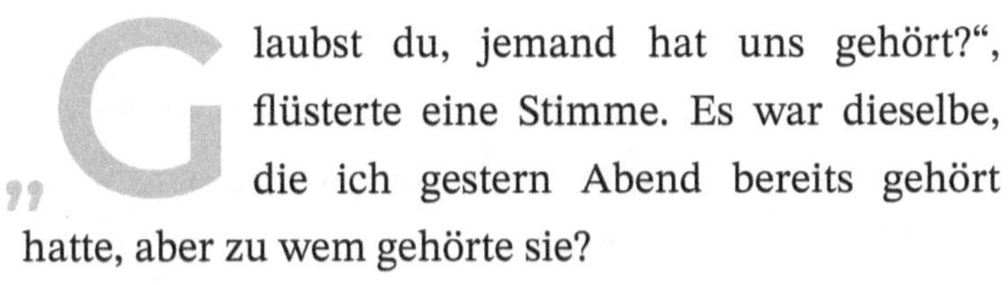

„**G**laubst du, jemand hat uns gehört?", flüsterte eine Stimme. Es war dieselbe, die ich gestern Abend bereits gehört hatte, aber zu wem gehörte sie?

„Wahrscheinlich nicht, aber wir sollten vorsichtig sein, nur für den Fall", antwortete eine zweite Person.

„Dann sind wir bereit für die nächste Phase des Plans?" War das noch eine Dritte? Schwer zu sagen, da die Worte nur gedämpft zu mir hereindrangen.

„Ja, ich denke schon", antwortete womöglich Nummer eins, und dann wurde es still.

„Hallo?", rief ich, als das Gespräch verstummte, aber anscheinend waren die Sprecher schon weg.

„Kannst du mir sagen, wer das da draußen vor

der Tür war?", wandte ich mich an Paisley, bevor ich sie sanft auf dem Boden absetzte.

„Nein, ich habe diese Stimmen überhaupt nicht erkannt", jammerte sie, offensichtlich verärgert über sich selbst, weil sie mir nicht helfen konnte. Manchmal nahm sie ihre Aufgabe als Wachhündin viel zu ernst, obwohl niemand jemals Angst vor dem knapp zwei Kilogramm schweren Fellbaby hatte.

„Dann lass uns doch mal nachschauen, was dieser Aufruhr zu bedeuten hatte." Ich begab mich zur Tür und drehte an dem Knauf, aber nichts passierte. Was zum Teufel war denn jetzt wieder los?

Okay, es war ein altes Haus, das im Laufe der Jahre immer weiter modernisiert wurde. Großmutters Tür allerdings schwang, im Gegensatz zu den meisten anderen, noch immer nach außen auf. Erneut rüttelte ich an dem Knopf und stemmte mich gegen das Holz, aber nichts tat sich.

Gar nicht gut.

Paisley, die unsere missliche Lage erkannte, begann zu bellen: „Hey, Leute. Wir stecken hier fest! Hilfe!"

Ich ging zurück zur Frisierkommode und griff nach meinem Handy, aber wieder einmal war der Akku leer. Ich sollte definitiv auf ein neueres Modell umsteigen.

Gut, ohne ein funktionierendes Telefon saßen wir wirklich hier fest. Aber sicher würde doch jemand bemerken, dass die Braut fehlte und nach oben kommen und uns befreien, oder?

„Ich verstehe es nicht", sinnierte ich, nachdem ich noch einmal vergeblich versucht hatte, die Tür zu öffnen. „Der Knauf lässt sich überhaupt nicht drehen. Es ist beinahe so, als wären wir ..."

Die schreckliche Erkenntnis traf mich wie der Schlag. „Als hätte man uns eingesperrt."

Nan hatte den alten Schlüssel zu ihrem Zimmer herausgesucht und gestern Abend nach dem Desaster mit dem Kleid abgeschlossen. „Wir können doch nicht zulassen, dass deinem wunderschönen Schleier das Gleiche passiert", lautete ihr Argument, und ich war ihr extrem dankbar für ihre Umsicht.

Sie musste ihn stecken gelassen haben, aber wer in aller Welt hatte ihn umgedreht? Und warum dieser Lärm vorhin?

„Mags?", rief ich hoffnungsvoll. Vielleicht war sie ja in ihrem Zimmer und werkelte noch an der Über-raschung für mich. „Mags!", probierte ich es erneut, dieses Mal wesentlich lauter.

Wenn sie da war, müsste sie mich eigentlich hören, außer, sie hatte wieder Kopfhörer auf und lauschte lauter Musik, wie sie es so gerne tat, wenn sie arbeitete.

„Christine?", versuchte ich es mit einer anderen Person. „Christine!"

Dieses Mal erhielt ich eine Antwort, allerdings nicht von derjenigen, die ich gerufen hatte.

„Was brüllst du denn da drinnen herum?",

„Octocat!" Ich weinte beinahe vor Erleichterung. „Jemand hat uns eingesperrt. Könntest du bitte Hilfe holen?"

„Wie bitte soll er das denn anstellen, mein liebes Kind?", mischte Grizabella sich ein. „Der einzige weitere Mensch, der uns verstehen könnte, ist gerade mit der anderen alten Frau wegfahren."

„Keine Sorge, ich habe alles im Griff, meine liebliche Flauschigkeit", entgegnete Octocat zuversichtlich. „Bin gleich zurück."

Verwundert fragte ich mich, was er wohl vorhaben mochte, als auch schon draußen ein heftiger Tumult losbrach. Ich eilte hinüber zum Fenster und riss es auf, um besser verfolgen zu können, was sich dort unter dem Heliumbaldachin abspielte.

„Friss meine Haarballen!", brüllte mein Kater und brach dann in ein irre klingendes Gelächter aus.

Eine andere Katze antwortete ihm mit einem wütenden Miauen.

„Warum redest du nicht? Hast du deine Zunge verschluckt?", stichelte Octavius weiter.

Ein weiteres leises Knurren, gefolgt von einem scharfen Zischen.

„Ihr Fernsehstars seid doch alle gleich ... schön, aber null Verstand." Jetzt fauchte er ebenfalls, und null Komma nichts war die Luft erfüllt von aufgebrachten Lauten zweier sich bekriegenden Samtpfoten.

„Fantastisch! Das ist genau das, was wir brauchen. Schaltet die Kameras ein", brüllte ein Mitglied der Filmcrew, während sich das Getümmel vom hinteren Garten nach vorne verlagerte.

Die Haustür flog geräuschvoll auf, dann stapften mehrere Fußpaare die Treppe hinauf. Das war meine Chance.

„Hilfe! Hilfe!", schrie ich aus Leibeskräften. „Ich bin eingeschlossen."

„Du, zoom auf die Tür, und du, bleib an den Katzen dran", hörte ich weitere Anweisungen.

„Könnten Sie bitte aufsperren?"

„Hast du den Schlüssel?"

Derjenige, mit dem er sprach, musste genickt

haben, denn ich sah, wie der Knauf sich bewegte und gleich darauf die Tür aufschwang.

„Geht es Ihnen gut? Was ist denn passiert?", fragte der tonangebende Crewmensch mit dramatischer Stimme und ließ keinen Zweifel daran, dass dieser verrückte Moment in die endgültige Version des Staffelfinales aufgenommen werden würde.

„Vielen Dank für Ihre Hilfe. Jemand hat mich eingesperrt", erklärte ich, zog den Schlüssel aus dem Schloss und schlug ihm die Tür vor der Nase zu.

Ich konnte sie im Flur weiterhin diskutieren hören. „Die Braut wurde absichtlich eingeschlossen? Offensichtlich will jemand diese Hochzeit mit allen Mitteln verhindern. Das ist sogar noch besser, als ich es mir hätte träumen lassen. Hast du alles im Kasten?"

Die Stimmen entfernten sich, und ich ließ mich völlig erschöpft aufs Bett fallen. Erst jetzt stellte ich fest, dass ich allein war. Paisley musste in der ganzen Aufregung davongelaufen sein.

Und mein Kater ... Hut ab vor seiner Geistesgegenwart. Sein genialer Plan war aufgegangen. Er musste geahnt haben, dass das Filmteam einem ordentlichen Zickenkrieg nicht widerstehen konnte, und so hatte er sich Chessy geschnappt und alle nach oben gelockt.

„Hey, lass mich wieder rein", ertönte just in diesem Moment seine Stimme von draußen, und irgendwie klang sie seltsam. O nein, er hatte sich doch hoffentlich nicht verletzt? Die Idee, dass Chester ihm überlegen sein könnte, war mir gar nicht gekommen.

Nur widerwillig erhob ich mich von der gemütlichen Schlafstatt und öffnete die Tür gerade so weit, dass die beiden wartenden Katzen hereinschlüpfen konnten.

Grizabella nahm sofort den Platz ein, den ich gerade freigemacht hatte, während Octocat vor mir stehen blieb und mir etwas vor die Füße spuckte.

Nicht irgendetwas. Genau genommen zwei Sachen.

Die verloren geglaubten Ringe!

Ich bückte mich und hob sie auf. „Du meine Güte, wo hast du die denn gefunden? Tausend, tausend Dank."

„Nicht der Rede wert", entgegnete er mit einem zufriedenen Grinsen und sprang ebenfalls auf das Bett. „Habe ich doch gern getan. Niemand versaut meinem Frauchen den schönsten Tag in seinem Leben."

Ich verkniff es mir, ihn darauf hinzuweisen, wie schofelig er selbst sich erst gestern noch mir gegenüber verhalten hatte, denn eigentlich zählte das nicht. Der große Tag war heute, und es beruhigte mich irgendwie, ihn an meiner Seite zu wissen und auf ihn zählen zu können. Und obwohl ich immer noch nicht wusste, wer mir diesen üblen Streich gespielt hatte, beschloss ich, vorerst keinen weiteren Gedanken daran zu verschwenden.

Ich wollte mich voll und ganz auf die Hochzeit konzentrieren, damit ich mich in den kommenden Jahren an jedes noch so kleine schöne Detail erinnern konnte.

„Schöne Ringe übrigens", fügte Octocat süffisant hinzu. „Grizabella und ich werden ebenfalls so etwas in der Art brauchen, um unser Gelübde zu besiegeln. Es ist an der Zeit, dass ich eine ehrbare Katze aus ihr mache."

Ich setzte mich neben Grizabella und Octocat auf das Bett, streichelte beiden über ihre seidigen Körper und lächelte. „Wie wäre es damit: Ich bestelle euch wunderschöne, mit Juwelen besetzte Hochzeitskragen. Und ihr dürft sie euch sogar selbst aussuchen."

Beide begannen unisono zu schnurren, was mir zeigte, dass ich mit meinem Vorschlag goldrichtig lag.

13

Gerade mal zwanzig Minuten vor Beginn der Zeremonie kehrten Grandma und Oma Lyn mit dem veganen Essen zurück. Sie riefen mir nur einen kurzen Gruß durch die Tür zu und entschuldigten sich, weil sie sich selbst noch schönmachen wollten. Zum Glück hatte Großmutter ihr Outfit in weiser Voraussicht in eines der Gästezimmer gebracht, damit sie sich in Ruhe umziehen konnte, denn wir hatten ihr Schlafzimmer sozusagen in die Kommandozentrale für die Hochzeit umfunktioniert, damit ich nicht ständig die Treppe zu meinem Turmzimmer hinauflaufen musste.

Da die Zeit allmählich knapp wurde, legte ich selbst letzte Hand an mein Kleid an, während Christine und Mags die Tiere herrichteten. Dazu gehörte auch das Baden der beiden Sphynx-Katzen, deren gequältes Protestgeheul durchs ganze Haus schallte.

Und ehe ich mich versah, klopfte es bereits leise an der Tür, und ich vernahm die Stimme meines Vaters. „Bist du bereit?"

Ich öffnete und blickte in die strahlenden Gesichter meiner Eltern. Sie würden mich gemeinsam zum Altar führen, so wie sie immer alles zusammen machten, was ihnen wichtig war.

„Ich weiß, dass es nicht mein Kleid ist", sagte Mom liebevoll, „aber es ist genauso schön. Du siehst unglaublich aus."

Ich reichte ihr das Bündel, das ich gestern Nacht noch zusammengestellt hatte. „Würdest du das für mich aufbewahren?", bat ich sie. „Aber pass auf, dass es niemand sieht."

Sie nahm mein Last-Minute-Bastelprojekt entgegen, und Dad bot mir seinen Arm an. „Also, dann wollen wir mal, Kleines."

Mein Ersatzkleid hatte keine so lange Schleppe wie das ursprünglich vorgesehene, und so stellte es für mich keine Herausforderung dar, die große Treppe hinunterzusteigen. Trotzdem stützten und hielten mich beide, als wäre ich aus Glas. Gemeinsam erreichten wir den Haupteingang. Schon jetzt konnte ich die leise Musik hören, die mich auf dem mit Blütenblättern gesäumten Weg zum Altar begleiten würde.

Vorsichtig hob ich mein Kleid ein wenig an, um es vor dem frisch gemähten Rasen zu schützen, und trat dann hinaus. Links und rechts bei Mom und Dad eingehakt, ging ich um das Haus herum und schnappte erst einmal nach Luft, als der Garten in Sicht kam.

Der lange Gang war von hundert weißen Holzstühlen gesäumt. Durch den Ballon-Baldachin spitzten vorwitzige Sonnenstrahlen und erzeugten Farbtupfer, die die komplette Szenerie irgendwie überirdisch erscheinen ließen. Und ganz vorne, neben dem Altar, stand Charles Longfellow III. ...

die Liebe meines Lebens, meine Zukunft, *mein Ehemann.*

Tränen stiegen mir in die Augen und drohten, meine Schminke davonfließen zu lassen, aber das war mir in diesem Moment völlig egal. Zu dem wunderschönen Musikstück der Cellistin setzte ich einen Fuß vor den anderen, meine Eltern an meiner Seite, alle wichtigen Menschen in meinem Leben um mich herum.

Und jeder weitere Schritt nach vorne war eine

Entscheidung. Ich entschied mich bewusst für Charles, für unsere Liebe, dafür, mein altes Leben als Single aufzugeben, um mich mit meinem Partner und besten Freund in eine wundervolle neue Zukunft zu stürzen.

Alle Augen waren auf mich gerichtet, und ich bemühte mich auch redlich, kurz nach links und rechts zu schauen, um mir sämtliche Details einzuprägen. Allerdings fiel es mir schwer, mich vom Anblick meines umwerfend gut aussehenden Bräutigams loszureißen, Sein dunkles, welliges Haar lag wie immer perfekt an, und seine hellgrünen, funkelnden Augen ruhten auf mir.

Neben ihm stand Mags, in einen quietschrosa Hosenanzug gekleidet, den sie sich wohl von Großmutter geliehen hatte. Auch wenn das so gar nicht meine Farbe war, musste ich zugeben, dass er ihr fantastisch stand und zudem optimal zur Deko passte. Grandma und Oma Lyn, in hellrosa, spitzenbesetzten Brautjungfernkleidern, befanden sich seitlich von ihr, und Grizabellas Frauchen Christine, ebenfalls in zarter Spitze, hütete die übrigen Trauzeugen – unsere vier Lieblingskatzen. Die Jungs, Octocat und Jacques, trugen pinkfarbene Fliegen, und die Mädchen, Grizabella und Jillianne, zartrosa Kleider, die wunderbar mit denen der menschlichen

Brautjungfern harmonierten. Letztere schien der Stoff auf ihrer Haut ziemlich zu irritieren, denn immer wieder knabberte sie daran herum. Grizabella hingegen stellte ihr Gewand mit großer Gelassenheit und offensichtlichem Stolz zur Schau. Klar, als ehemalige Showkatze war sie es natürlich gewohnt, ihre Schönheit zu zeigen und sich bewundern zu lassen.

Ich selbst kam mir ebenfalls ein wenig wie eine Showkatze vor, insbesondere, als das Publikum hinter mir in ein leises, anerkennendes Raunen verfiel.

Schließlich hatte ich das Ende des Ganges erreicht und griff nach Charles' wartenden Händen. Mags begannen zu sprechen. Ich war jedoch vor Aufregung nicht fähig, ihre Worte aufzunehmen. Und zum ersten Mal war ich froh über die Anwesenheit des Fernsehteams, denn so würde ich mir meinen großen Tag irgendwann später nochmals in aller Ruhe ansehen und sämtliche Details in mich aufsaugen können. Jetzt wollte ich einfach nur den Moment genießen, mit meinem Traumprinzen dort angekommen zu sein, wo ich schon immer sein wollte.

Tatsächlich war es nämlich so, dass ich mich bereits bei unserer allerersten Begegnung in Charles verknallt hatte … aber das hatte ich schon erwähnt, oder? Damals arbeitete ich noch als kleine Anwaltsgehilfin in der Kanzlei, in der er sich auf eine kürzlich frei gewordene Stelle als Partner bewarb. Näher kamen wir uns dann, als er mich im Büro dabei erwischte, wie ich mich mit Octocat über FaceTime unterhielt. Er zählte eins und eins zusammen und erpresste mich: Er würde nur dann den Mund halten, wenn ich ihm bei seinem aktuellen Fall half, bei dem es um einen traumatisierten Yorkie ging, der als einziger Zeuge eines Doppelmordes fungierte.

Apropos, sowohl Yo-Yo, besagter Yorkie, als auch sein Frauchen, Mitch, waren unter den anwesenden Gästen, und ich freute mich riesig, sie dabei zu haben, hatten sie doch – wenn auch unwissentlich – dazu beigetragen, dass wir überhaupt erst zusammenkamen.

Aber erst, als Octocat von den enterbten Verwandten seiner früheren Besitzerin entführt wurde, entwickelte sich die Sache weiter. Charles half mir, meine vermisste Katze sicher und gesund nach Hause zu bringen, und wir feierten diesen Sieg mit unserem ersten Kuss. Der Rest ist, wie man so schön sagt, Geschichte … Es war ein wilder Ritt, aber ich möchte keine Sekunde davon missen.

„Angela Russo!", fuhr Mags mich an und riss

mich aus meinen Tagträumen. „Hörst du mir überhaupt zu?"

„Oh, bitte entschuldige. Könntest du den letzten Satz wiederholen?" Eine heiße Röte machte sich auf meinen Wangen breit, während das Publikum gutmütig lachte.

Charles schmunzelte ebenfalls und murmelte: „Ich liebe dich."

„Ich dich auch", flüsterte ich zurück und vergaß erneut, auf Mags Worte zu lauschen.

Die wedelte mit der Hand vor meinem Gesicht herum. „Hallo? Angie? Hast du nun ein Treuegelübde vorbereitet oder nicht?"

„Äh ..." Das hatte ich in der Tat, und noch dazu ein sehr persönliches, das von Herzen kam. Es brauchte neun Entwürfe, bis ich mir sicher war, dass es perfekt sein würde, aber jetzt, wo der Moment gekommen war, erschien mir selbst die finale Version als völlig unzulänglich. Überdies gab es ein noch größeres Problem – obwohl ich so viel geübt hatte, konnte ich mich nicht mehr an den Text erinnern.

„*Äh?*", hakte meine Cousine nach und verdrehte die Augen, und unser Publikum brach in Gelächter aus.

„Lass uns den Teil überspringen und mach einfach weiter, damit dieser heiße Typ so schnell wie möglich mein mir angetrauter Ehemann wird“, erwiderte ich atemlos.

Die Art und Weise, wie meine Gäste über diese Äußerung lachten, brachte mich dazu, mich zu fragen, ob ich womöglich meine wahre Berufung als Stand-up-Comedian verpasst hatte.

Mags schaute Einverständnis heischend zu Charles.

„Ich will“, sagte dieser, ohne den Blick von mir abzuwenden.

Ich drückte beide seiner Hände, während mir ein Schauer den Rücken hinunterjagte. „Ich auch.“

„Nun, ich jedenfalls nicht“, erklang eine Stimme hinter dem Objekt meiner Zuneigung. Obwohl ich mir beinahe den Hals verrenkte, konnte ich nicht erkennen, wer es wagte, meine wundervolle Zeremonie zu stören.

„Ja, ich ebenso wenig“, ließ sich eine weitere Stimme vernehmen.

Und plötzlich machte es Klick bei mir.

Das Geflüster in der Nacht, die Laute, die ich vor der Tür gehört hatte, bevor ich eingesperrt wurde ...

Ich hatte sie nur deshalb nicht erkannt, weil sie nicht in ihrem üblichen Muster sprachen, bei dem jeder Satz mit einer Beschwerde begann.

Aber diese ganze Zeit über waren Jacques und

Jillianne die Saboteure gewesen, die es sich offensichtlich zur Aufgabe gemacht hatten, diese Hochzeit zu vereiteln ... Und das hier war ihre allerletzte Chance.

Tja, Pech für sie ... die Brautzilla würde nicht kampflos aufgeben.

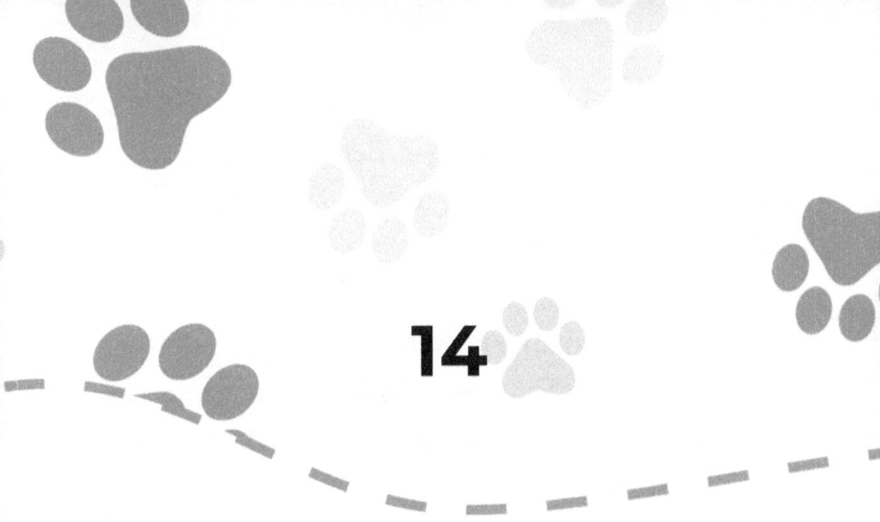

14

ch lächelte nervös und warf einen Blick über meine Schulter zurück zu Oma Lyn. Immerhin war sie außer mir die Einzige, die unsere Tiere verstehen konnte. Alle anderen Anwesenden hatten in Anbetracht der Zeremonienverstärkung in Form von niedlichen Kätzchen nur ein kollektives Aha von sich gegeben.

Eigentlich war es gut, dass niemand sonst diese Proteste hören konnte, mir jedoch taten sie im Herzen weh. Dennoch gab es nichts, was ich in diesem Moment hätte tun können, ohne zu riskieren, dass die gesamte Hochzeitsgesellschaft – einschließlich sämtlicher Reality-TV-Junkies in Amerika – von meinem Geheimnis erfuhr.

„Ich hasse dieses Haus", meldete sich Jacques zu

Wort, verließ seinen Platz vor dem Altar und stellte sich vor mich, „und habe keine Lust darauf, zukünftig hier zu leben."

„Und ich mag weder deinen Kater noch dich!", ergänzte Jillianne fauchend und gesellte sich zu ihrem kleinen Gefährten, sodass nun auch die übrigen Gäste zu begreifen schienen, dass irgendetwas nicht stimmte.

Christine, unsere engagierte Katzenbetreuerin, bemühte sich nach Kräften, die beiden wieder an ihren Platz zu verfrachten, aber sie wichen jedem ihrer Versuche geschickt aus.

Flehentlich schaute ich zu Oma Lyn hinüber. Natürlich wollte ich auf keinen Fall, dass sie den Rest der Trauung verpasste, aber sie war eben die einzige Person, die diese beiden nackten Protestler möglicherweise zur Vernunft bringen konnte.

Sie nickte mir unmerklich zu und erhob sich, jedoch noch bevor sie den Altar erreichte, sprang Octocat auf.

„Wie könnt ihr es wagen, mich und speziell meinen Menschen an diesem ihrem besonderen Tag zu beleidigen?", fauchte er die beiden an und stürzte sich mit gesträubtem Fell und aufgebauschtem Schwanz in einen weiteren Kampf. „Ich kann euch beide ebenfalls nicht leiden, aber ich liebe mein Frauchen, und sie liebt euer Herrchen. Punkt. Hört auf, euch wie verzogene Bälger zu benehmen und fügt euch in das Unvermeidliche. Haben wir uns verstanden?" Und dann verpasste er jeder der haarlosen Katzen eine saftige Ohrfeige.

Sie starrten ihn nur an und wackelten wütend mit ihren rattenähnlichen Schwänzen. Hätten sie dort ein Fell, würde dieses bestimmt ebenfalls in alle Himmelsrichtungen abstehen.

„Zwingt mich nicht, es noch einmal zu sagen, oder es wird böse enden." Wow! Ich hatte meinen Kater noch nie so wütend erlebt und hoffte, ihn auch niemals mehr so sehen zu müssen.

In diesem Moment kam auch noch Paisley angerannt, die offensichtlich keine Ahnung hatte, was hier abging, sich die Sache jedoch auf keinen Fall entgehen lassen wollte.

Jillianne bäumte sich auf und drehte sich zu ihr herum.

„Fass den Hund an und ich mache dich fertig", warnte Octocat und stellte sich beschützend vor den kleinen Chihuahua.

„O mein Gott, was ist er mutig", seufzte Grizabella, taumelte leicht und begann, sich aufgeregt die Pfote zu lecken.

In diesem Moment gelang es Oma Lyn, sich Jillianne zu schnappen, und gleichzeitig zog Christine Jacques in ihre Arme. Beide Katzen miauten aufgebracht, schafften es jedoch nicht, sich zu befreien.

Es war einfach unglaublich. Hätte ich noch vor der Hochzeit schwören können, es wären eine Möwe und ein Waschbär, die mein Glück bedrohten, wurde ich wieder einmal eines Besseren belehrt: Niemand konnte eine Katze übertrumpfen. Wie viel Zeit hatte ich in den letzten Wochen, speziell seit unserer Verlobung, damit verbracht, mich mit diesem haarlosen Duo anzufreunden, und doch schien all meine Anstrengung vergebens gewesen zu sein. Blieb nur zu hoffen, dass es mir eines Tages gelingen würde, sie für mich zu gewinnen, auch wenn ich in diesem Moment extrem verletzt war. Aber dieses Gefühl musste ich beiseiteschieben. Sie waren Charles wichtig, und mir damit ebenfalls. Auch wenn sie zu glauben schienen, ich würde alles daran setzen, ihn ihnen wegzunehmen.

Mein Ehemann – war er es bereits oder erst beinahe? – drückte meine Hände, und unsere Pastorin Maggie räusperte sich, um die Aufmerksamkeit der Anwesenden wieder auf sich und die eigentliche Zeremonie zu lenken. „Und genau das, liebe Leute, ist der Grund, warum man nie mit Tieren oder Kindern arbeiten sollte!"

Hie und da erklangen ein paar angestrengte Lacher aus dem Publikum.

„Wie auch immer, lassen Sie mich kurz zusammenfassen, was wir bisher geschafft haben. Anstatt ihr Gelübde miteinander zu teilen, sind sowohl die Braut als auch der Bräutigam direkt zum *Ich will* übergegangen. Das ist jetzt der Teil, wo ich erwähnen möchte: Sollte jemand Einwände gegen diese Verbindung haben, möge er jetzt sprechen oder für immer schweigen.“

„Ich … Ich erhebe Einspruch. Und zwar massiv!“, kreischte Jillianne auf Oma Lyns Arm, wurde jedoch von dieser sofort zum Schweigen gebracht.

„Okay, zumindest keine menschlichen Einwände?“, scherzte Mags, ohne die geringste Ahnung davon zu haben, wie richtig sie lag. „Dann erkläre ich hiermit …“

„Moment noch, ich erhebe Einspruch!“, erklang in diesem Moment eine Stimme vom anderen Ende des Gartens. Alle drehten sich nach dem Zwischenrufer um, aber dessen Einwurf tangierte mich null. Stattdessen breitete sich ein riesiges Lächeln auf meinem Gesicht aus.

„Grant! Wo zum Teufel hast du gesteckt?“, verlangte Großmutter zu wissen, während ihr

Freund, der Besitzer des örtlichen Juweliergeschäfts, mit großen Schritten den Gang entlangeilte.

„Dorothy Loretta Lee, es war verdammt schwer, das vor dir geheim zu halten", meinte er, und noch im Laufen griff er in die Brusttasche seines geliehenen Smokings und zog ein kleines, natürlich kreischend pinkes Samtschächtelchen hervor.

„Was bitte soll das denn werden, Liebster?", Sie erhob sich und ging ihm den halbem Weg entgegen. „Du kannst doch nicht einfach der Vermählung meiner Enkelin widersprechen", schimpfte sie.

„Das war auch nicht meine Absicht. Ich habe lediglich etwas dagegen, dass sie vorbei ist, bevor ich meine Chance bekomme ..." Er öffnete die Schachtel und enthüllte einen prächtigen schmalen Silberring, besetzt mit Rubinen und Amethysten. „Dich zu fragen, ob wir nicht eine Doppelhochzeit daraus machen wollen? Heirate mich, Dorothy, genau hier und jetzt."

Jeder sah, wie Großmutter die Hände vors Gesicht schlug und einen gewaltigen Schluchzer ausstieß, und alle warteten gespannt darauf, was als Nächstes passieren würde. Irgendwo in der Menge lachten sich die Reality-TV-Jungs wahrscheinlich ins Fäustchen. Mit solch einer quotenträchtigen Wendung hätten sie nie gerechnet.

Ich selbst stand mit weit aufgerissenen Augen neben Charles und klammerte mich an seine Hand, während ich auf ihre Antwort wartete. Sie würde doch wohl Ja sagen, oder?

„Grant Gable, ich bin echt sauer auf dich", lautete stattdessen ihre Antwort, die von einem riesigen finsteren Blick begleitet wurde. „Du störst den großen Tag meiner Enkelin und stiehlst ihr die Show!"

„Nein, nein!" Ich löste mich von Charles und drückte ihm einen schnellen Kuss auf die Wange. „Bin gleich wieder da."

Dann eilte ich auf meine verstörte Großmutter zu. „Das Ganze war meine Idee", verriet ich ihr mit einem verschmitzten Lächeln.

Sie wandte sich mir mit schockierter Miene zu. „Wie bitte?"

„Na ja, du bist doch meine beste Freundin", sagte ich, wobei meine Miene verriet, dass so etwas Offensichtliches eigentlich gar nicht extra erwähnt werden musste. „Und du weißt, wie schwer es mir stets fällt, etwas ohne dich zu tun. Als Mr Gable mir dann verriet, er wolle dir einen Antrag machen, schlug ich vor, dafür den heutigen Tag zu wählen, wo eh schon all unsere Liebsten versammelt sind." Ich reichte ihr meinen Blumenstrauß und schob sie in Richtung Altar.

„Darf ich das als dein Ja werten?", rief ihr Freund uns von hinten zu.

„Ja! Aber dann komm auch sofort hierher, bevor ich es mir noch anders überlege." Ihre Worte klangen mürrisch, aber das breiteste Lächeln ihres Lebens umspielte ihre Lippen.

„Hey, was meinst du?", meldete sich Octocat vor meinen Füßen zu Wort, als beide Bräute samt ihrer Bräutigame und die selbst ernannte Pfarrerin sich vor dem Altar neu formierten. „Könnten wir nicht gleich einen Dreier daraus machen?"

Lächelnd hob ich ihn hoch, drückte ihn Charles in die Arme und schnappte mir Grizabella. Mehr konnte ich vor laufender Kamera leider nicht für sie tun.

„Okay, ich glaube, wir wären jetzt dann bereit, mit der Trauung fortzufahren", wies ich Mags an.

„Du bist wirklich immer für eine Überraschung gut", meinte diese kopfschüttelnd und wandte sich wieder ihrem aus dem Internet ausgedruckten Leitfaden zu. „Also, Leute ... Hiermit bekommt ihr zwei zum Preis von einem. Das scheint euer Glückstag zu sein. Dann fangen wir einfach nochmal von vorne an."

15

ch habe tatsächlich Ja gesagt, und Charles natürlich auch.

Grandma und Grant ebenso.

Und nicht zu vergessen, Octocat und Grizabella. Für die beiden verrückten Fellnasen würde ich im Nachhinein noch eine besondere Urkunde ausstellen müssen, aber vor den Augen Gottes und hunderter anwesender Zeugen waren wir nun alle offiziell verheiratet.

„Jetzt bist du also tatsächlich mein mir anvertrauter Ehemann", sagte ich zu Charles, nachdem er mich zur Freude aller Anwesenden geküsst hatte.

„Und du die mir anvertraute Ehefrau", antwortete er mit einem breiten Grinsen, bevor sein Mund den meinen ein zweites Mal eroberte.

„Hey ... Ich sagte, küss die Braut", neckte Mags uns über den wachsenden Lärm hinweg, „nicht jedoch, fall schon hier außen über sie her."

Für einen Moment lösten wir uns voneinander, küssten uns dann jedoch erneut.

Und ein weiteres Mal.

Und – erraten, oder – *noch einmal.*

Alle lachten. Es wurde eh viel gelacht an diesem Tag. Das war eines der Dinge, die mir am besten gefielen.

Plötzlich tippte mir Oma Lyn auf die Schulter. „Ich bringe nur schnell die Katzen rein, während ihr Aufstellung für die Gratulanten nehmt", flüsterte sie mir ins Ohr.

Richtig, mir fiel auf, dass einige der Gäste bereits unruhig wurden und darauf zu warten schienen, uns ihre Aufwartung machen zu dürfen. Ich gab Mom ein Zeichen. „Jetzt", rief ich und nickte ihr zu Bestätigung zu.

Sie sprang direkt auf und übergab mir das ihr anvertraute Bündel. Nachdem ich mir gestern mein Neunziger-Jahre-Brautkleid bei der Heilsarmee gekauft hatte, hatte ich nämlich noch dem Dollar-Shop einen Besuch abgestattet, um mich mit weiterem Zubehör einzudecken. Das Endergebnis war ein Bündel mehrfarbiger Stifte, auf deren Kappe sich jeweils eine Kunstblume befand ... eindeutig hausgemacht, aber auch ziemlich hübsch.

„Du fängst an", sagte ich zu ihr, nachdem Charles und ich uns oberhalb der ersten Reihe der weißen Holzstühle positioniert hatten.

„Und womit bitte?" Mutters Blick wanderte von den farbigen Markern zurück zu mir. „Du willst doch wohl nicht andeuten, ich soll ...?"

„Doch. Ich bin ein lebendes Gästebuch", erklärte ich lächelnd, öffnete den kunstvoll gebundenen Strauß und fächerte die verschiedenen Farben vor ihr auf.

„Du wirst dein Kleid ruinieren", warnte sie mich mit angespannter Miene.

„Ach nein, wir peppen es nur ein wenig auf, und auf diese Weise kann jeder der Anwesenden zu diesem besonderen Anlass beitragen. Vertrau mir, es wird absolut cool aussehen, wenn alle unterschrieben haben! Also, Mom, such dir eine Farbe und eine Stelle aus und leg los." Erneut hielt ich ihr die Stifte unter die Nase, nicht gewillt, mich von dieser Idee abbringen zu lassen.

Sie schüttelte den Kopf und lachte. „Angie Russo, du hattest schon immer einen eigenwilligen Stil, stimmts?"

„Definitiv, aber gewöhn dich besser schnell an meinen neuen Namen. Ich bin jetzt Mrs Longfellow."

Über diese Bemerkung mussten wir beide kichern, und sie wählte eine Stelle auf meinem Oberkörper aus, auf der sie sich mit einem lila Marker verewigte. Als sie fertig war, fragte ich sie, was sie geschrieben hatte, da mir mein mächtiger Busen die Sicht nach unten versperrte.

„Dass ich dich liebe", erklärte sie und gab sowohl mir als auch Charles einen schnellen Kuss auf die Wange. „Und wie stolz ich auf dich bin."

Nach einer kurzen Umarmung war Dad an der Reihe. Er wählte Rot, wollte mir seine Worte jedoch nicht verraten und meinte, ich könnte es ja später lesen, wenn ich mich umziehen würde. Nachdem auch er sich entfernt hatte, flehte ich Charles an, es mir vorzulesen, und er meinte, es wäre die klassische Vaterdrohung ... behandle mein kleines Mädchen bloß gut, sonst ...

Ein Gast nach dem anderen näherte sich uns und verewigte sich auf meinem Kleid. Und die ganze Zeit über standen Großmutter und ihr frisch gebackener Ehemann neben uns und feuerten die Leute an. Seit jeher hatten Grandma und ich viele gemeinsame Freunde, und es war mir doch tatsächlich gelungen, einige von Grants Bekannten einzuschleusen, ohne dass sie etwas davon mitbekam. Irgendwann wurden auch Octocat und Grizabella von Oma Lyn und Christine nach drinnen gebracht, aber ich glaube, darüber waren sie mehr als erleichtert.

Als ich die Augen in Richtung Wald wandern ließ, entdeckte ich einige meiner tierischen Freunde, die, versteckt hinter dichtem Blattwerk, die Zeremonie aus der Ferne beobachteten. Da war beispielsweise Irving, der riesige Hirsch, der den Unfalltod meiner ehemaligen Nachbarin hautnah miterleben musste. Zwischen seinem Geweih hockte doch tatsächlich eine komplette Eichhörnchenbrut. Natürlich war es aus dieser Entfernung schwer auszumachen, aber ich war mir ziemlich sicher, dass es sich dabei um meine alte Freundin und Helferin Maple handelte. Anscheinend hatte auch sie ihre große Liebe gefunden und bereits eine große Familie gegründet. Das freute mich für sie.

Ein weißes Flattern zwischen den Baumkronen ließ mich den Blick nach oben richten, und ich sah gerade noch, wie sich zwei Möwen in die Lüfte erhoben. Es schienen Abigull und Bravo zu sein, meine Möwenfreunde, die es sich dieses Ereignis ebenfalls nicht entgehen lassen wollten.

„Du hast dir die Beste geangelt", sagte just in diesem Moment Officer Bouchard zu Charles und klopfte ihm wohlwollend auf den Rücken. Dann nahm er mir den schwarzen Filzstift aus den Händen und bückte sich, um sich auf dem Saum meines Kleides zu verewigen.

Ich war begeistert.

Bei der Zeremonie hatte sich alles um Charles und mich gedreht, jetzt jedoch durfte ich mich voll und ganz auf meine Gäste konzentrieren. Und ich konnte es kaum erwarten, mit allen von ihnen auf der anschließenden Party zu feiern. Hoffentlich würden sich alle prächtig amüsieren.

Bisher war der Tag, abgesehen von ein paar kleinen Pannen, perfekt verlaufen, und er war noch lange nicht zu Ende!

„Ich liebe dich", sagte Charles plötzlich, zog mich in seine Arme und beugte mich wie bei einem Tanz zurück. Meine Güte, Gott sei Dank war er so stark, sonst wäre ich mit Sicherheit hinten übergekippt. So jedoch bekam ich einen weiteren Kuss, der mir die Knie weich werden ließ, sodass ich mich nur noch an ihn klammern konnte.

„Herzlichen Glückwunsch", ertönte in diesem Moment eine Stimme, die ich schon Ewigkeiten nicht mehr gehört hatte. Ich brauchte einen Moment, um meine Sinne wiederzuerlangen, doch dann erkannte ich, wer da vor uns stand. Es waren die Calhoun-Zwillinge – Charles' frühere Freundin Breanne und mein einstiger Schwarm, Brock. Letzterer hatte nach seiner Verhaftung wegen eines angeblichen Verbrechens (im Nachhinein stellte sich dann doch heraus, dass er unschuldige war ...) beschlossen, ein neues Kapitel aufzuschlagen und seinen Namen in *Cal* umzuändern.

„Wie schön, dass ihr gekommen seid", begrüßte ich die beiden, obwohl ich nicht sonderlich erfreut über den Umstand war, an meinem speziellen Tag mit der Ex meines Ehemannes konfrontiert zu werden. Natürlich hätte ich damit rechnen müssen, aber trotzdem machte es mich stutzig: War sie hier, um uns die Feier zu verleiden? Dann konnte sie sich direkt hinter Jacques und Jillianne einreihen.

„Du bist ein äußerst attraktiver Bräutigam", stellte Bree mit einem undefinierbaren Blick auf Charles fest, stemmte beide Hände in die Hüften und versuchte so, seine Aufmerksamkeit auf den tiefen Ausschnitt ihres grünen Kleides zu lenken.

„Wir sind schon wieder auf dem Sprung", sagte ihr Bruder und zog sie mit sich, bevor sie sich meinem frisch gebackenen Angetrauten an den Hals werfen konnte.

„Danke fürs Vorbeischauen", schrie ich ihnen noch hinterher.

Charles zog mich an sich, presste seine Stirn gegen die meine und raunte mir zu: „Bitte entschuldige, aber ich hatte dich doch gewarnt, Cal einzuladen. Er taucht immer in ihrer Begleitung auf."

„Ist schon okay. Ich habe kein Problem mehr mit ihr", erwiderte ich mit einem kleinen Lächeln. Er hatte sich für mich entschieden und seine Liebe zu mir schon tausendmal unter Beweis gestellt. Ihr verzweifeltes Bemühen, Aufmerksamkeit zu erregen, machte mich nicht eifersüchtig. Wenn ich ihr gegenüber überhaupt etwas empfand, dann höchstens Mitleid. Hoffentlich würde auch sie eines Tages den Mann fürs Leben finden.

Seit Charles sich von ihr getrennt hatte, hatte ich sie aus den Augen verloren. Sicherlich war sie nach wie vor in der Immobilienbranche tätig. Was Cal anbelangte, war ich besser informiert. Er hatte seinen Handwerkerjob an den Nagel gehängt, ging wieder zur Schule und wollte Anwalt werden. Nachdem er zu Unrecht verleumdet und inhaftiert wurde, hatte er einen ausgeprägten Sinn für Gerechtigkeit entwickelt, und ich bewunderte ihn dafür, dass er diese schreckliche Tortur in etwas Positives umzuwandeln gedachte, von dem auch andere profitieren würden.

„Bereit für mich?", erklang in diesem Moment eine weitere vertraute Stimme und riss mich aus meinen Gedanken.

„Bethany!" Überglücklich umarmte ich meine frühere Kollegin. Ich hatte Bethany Peters nicht mehr gesehen, seit sie nach Georgia gezogen war, um sich um ihren straffälligen Cousin Peter zu kümmern. Den hatte sie aber Gott sei Dank nicht mitgebracht.

„Wie ist es dir zwischenzeitlich ergangen?" Als wir noch gemeinsam in der Kanzlei gearbeitet hatten, waren die Dinge zwischen uns nicht immer freundschaftlich abgelaufen. Dennoch mochte ich sie sehr gerne und wünschte, ich hätte mir mehr Zeit genommen, sie besser kennenzulernen, als sie noch in der Nähe wohnte. Gut, die Vergangenheit ließ sich nicht mehr ändern, die Zukunft hingegen schon.

Ein weiteres Versprechen, das ich mir heute gab.

„Wir reden später ausführlicher", versprach sie. „Oh, und ich habe dir eine spezielle Mischung aus ätherischen Ölen mitgebracht, die ich selbst hergestellt habe. Gib einfach zwei Tropfen davon täglich in einen Diffusor, und ihr werdet bis ans Ende eurer Tage glücklich sein."

„Das werde ich, danke", sagte ich, während sie

mein Kleid in Türkis signierte. Sie war von jeher seltsam besessen gewesen von ätherischen Ölen, und obwohl ich selbst kein Fan davon war, würde ich ihren Ratschlag natürlich beherzigen.

Auch wenn ich stark vermutete, dass Charles und ich in dieser Hinsicht keine Hilfe benötigten.

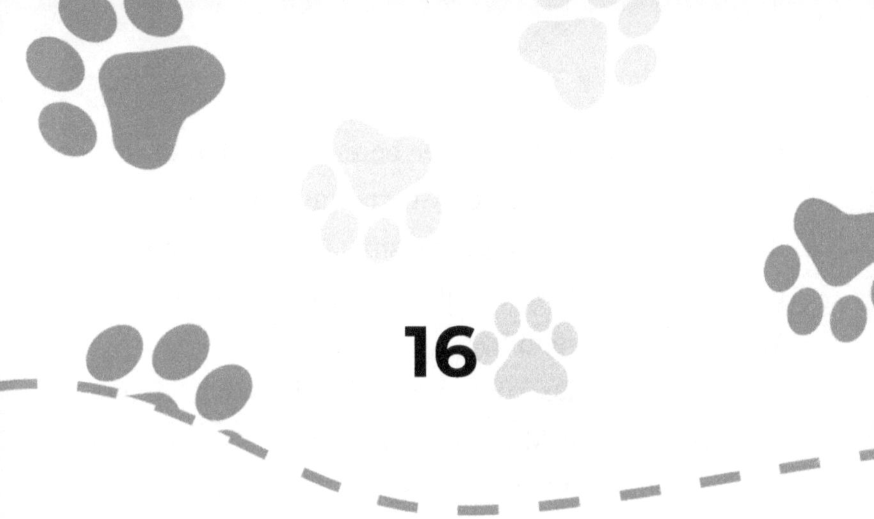

16

Und dann war es auch schon Zeit für die Feier. Zum Glück hatten wir einen riesigen Garten, sodass wir problemlos in den hinteren Bereich ausweichen konnten, wo uns bereits zwölf runde Achtertische und eine lange rechteckige Tafel erwarteten. Auf einem weiteren Nebentisch befanden sich zahlreiche Päckchen sowie ein großer Korb, in den die Gäste ihre Glückwunschkarten einwerfen konnten.

Charles wollte ursprünglich eine Geschenkewunschliste erstellen, aber ich konnte ihn überzeugen, dass es viel mehr Spaß machte, nicht zu wissen, was von wem stammte. Und so hatte auch ich keine Ahnung, was sich in den einzelnen Kartons versteckte, freute mich aber bereits jetzt darauf, das nach unseren Flitterwochen herauszufinden. Eines der Pakete jedoch bereitete mir ein wenig Unbehagen. Es war ganz einfach lieblos in einen alten Werbeprospekt gehüllt.

„Meint ihr, das könnte eine Bombe sein?", fragte der Typ mit dem Mikrofon seine Kumpels, während die Filmleute an das seltsame Geschenk heranzoomten.

„Hoffen wir mal. Das wäre natürlich noch das Tüpfelchen auf dem *i*!", antwortete ihm einer aus seinem Team. Gut zu wissen, dass sie auf meiner Seite waren. Unterhaltung ging eben stets über Qualität.

Jetzt, da der offizielle Part vorüber war und wir zum sogenannten gemütlichen Teil übergingen, hatte meine Mutter die Moderation von Mags übernommen. Dank ihres Jobs als angesehene lokale Nachrichtensprecherin fühlte sie sich vor der Kamera natürlich äußerst wohl. Ich nahm stark an, dass die Jungs vom Fernsehen das nicht wussten – und sie es auch nicht an die große Glocke hängen wollte –, weil sie sowohl ihr wie auch meinem Vater, dem Halbprominenten in unserer Mitte, kaum Zeit widmeten.

Herausgefunden hatten sie hingegen, dass Mags

so eine Art Internet-Berühmtheit war, und ihr sogleich die Star-Katze Chessy in die Arme gedrückt und etliche Szenen mit den beiden gedreht.

„Meine Damen und Herren, bitte begrüßen Sie mit mir Mrs und Mr Charles Longfellow III.", verkündete Mom mit ihrer versiertesten Reporterinnenstimme, während mein Ehemann und ich auf die glänzende Tanzfläche stürmten, die eigens zu diesem Zweck ausgelegt worden war.

Zur Freude aller Anwesenden zog Charles mich an seine Brust und wirbelte mich zu den Klängen von *My Funny Valentine* übers Parkett. Es war das Lied, von dem er geschworen hatte, dass er auf immer das unsrige sein würde, und Herz an Herz wiegten wir uns im Takt der zarten Töne, die die Cellistin hervorzauberte.

Für meinen Geschmack endete die Musik viel zu früh, aber wir hatten ja auch noch viele weitere vergnügliche Aktivitäten vor uns. Unsere Gäste jubelten uns zu und erhoben ihre Weingläser, um uns zu signalisieren, dass wir uns küssen sollten. Eine unserer leichtesten Übungen!

Ein zweites Lied erklang, und wir räumten die Tanzfläche, um Grandma und Grant Platz für ihren ersten Tanz als Ehepaar zu geben. Während wir uns für einen zeitlosen Klassiker entschieden hatten, war ihr Song schon fast unpassend zu nennen ... soviel ich wusste, handelte es sich um ein Hit von Cardi B, der momentan in der aktuellen Top-Ten-Listen rangierte. Wie auch immer, warum meine über achtzigjährige Großmutter ausgerechnet dieses Stück als ihr Hochzeitslied ausgewählt hatte, wollte ich gar nicht erst wissen.

Als auch dieses Stück verklang, zog sie Charles und mich mit sich in Richtung Haus. „Kommt kurz mit, drinnen wartet eine Überraschung auf euch. Wir werden uns beeilen, aber ich wollte es euch unbedingt kurz zeigen."

In meinem riesigen Herrenhaus war nichts mehr so, wie ich es vor weniger als einer Stunde zurückgelassen hatte. Sämtliche Möbelstücke waren weggeräumt worden, und am Fuß der großen Treppe befand sich ein Babygitter.

„Hallo und herzlichen Glückwunsch!", begrüßten uns ihre Freundinnen Gertie und Pearl strahlend, kaum dass wir eingetreten waren. Pearl hatte vor einiger Zeit die Leitung des Tierheims übernommen, nachdem die letzte Direktorin dabei erwischt wurde, wie sie Spendengelder veruntreute. Gertie war Großmutters engste Freundin geworden, dank der vielen Besuche nach ihren regelmäßigen morgendlichen Läufen mit Cujo. Neben ihnen befand sich ein Trio aus unglaublich hohen Katzenbäumen, und überall waren Schalen mit Wasser sowie Trocken- und Nassfutter aufgestellt. Mitten im Raum lag ein großer Teppich mit etwas Katzenminze darauf, und Beans aus der Tierhandlung wälzte sich bereits genüsslich darin.

„Es ist ein Empfang für alle unsere tierischen Gäste!", verkündete Grandma stolz. „Ich wollte nicht, dass sie die Feierlichkeiten verpassen."

In diesem Moment vernahm ich tapsende Schritte auf der Treppe und drehte mich gerade noch rechtzeitig um, um zu sehen, wie Octocat und Grizabella gemeinsam über das Schutzgitter sprangen. Seite an Seite, so nah, dass sie sich berührten, kamen sie auf uns zu, kletterten dann auf den höchsten Kratzbaum und nahmen auf der obersten Plattform Platz. Eigentlich war diese zu eng für zwei Samtpfoten, aber irgendwie schafften sie es, sich dort aneinanderzukuscheln.

Großmutter lehnte sich zu mir herüber und flüsterte mir ins Ohr: „Ich habe mitbekommen, dass es nicht nur dein Tag ist, sondern auch der seine. Also dachte ich mir, er hätte ebenfalls eine Party verdient."

Ich strahlte sie an und zwinkerte ihr zu, um sie wissen zu lassen, wie richtig sie wieder einmal lag. Es stimmte schon, sie konnte zwar nicht mit Tieren sprechen, verstand sie aber trotzdem. Die beiden Sphynx-Katzen waren nirgends zu entdecken, und kurz fragte ich mich, ob Oma Lyn sie in ihrem Zimmer eingesperrt haben mochte, damit sie über ihr unangemessenes Verhalten nachdenken konnten. Auch wenn ich sie noch nicht so lange kannte, konnte ich mir gut vorstellen, dass sie dazu fähig war.

„Vielen Dank, dass ihr so zahlreich zu unserer Hochzeitsfeier erschienen seid", miaute Octocat von der Spitze des Baumes zu uns herunter. „Eure Geschenke dürft ihr gerne am Eingang ablegen. Und seid gewarnt: Untersteht euch, meine schöne Braut anzugaffen, sonst schneide ich euch die Bällchen ab!" Dazu fuchtelte er demonstrativ mit den Krallen in der Luft herum, und seine Angetraute kicherte verschämt. Ganz offensichtlich gefiel es ihr, wenn er den harten Kerl raushängen ließ. Na ja, jedem das Seine ...

„Wie lieb von euch, tausend Dank", sprudelte es aus mir heraus, als mir auffiel, dass ich mich bisher noch gar nicht geäußert hatte. Zu sehr war ich damit beschäftigt gewesen, das Spektakel zu genießen.

„Gern geschehen, Angie", gluckste Pearl und fuhr sich durch ihr kurzes Haar. „Ich hoffe, es macht dir nichts aus, aber ich habe auch ein paar Katzen mitge-bracht, die zur Adoption stehen. Vielleicht könntest du das den Gästen gegenüber erwähnen? Es wäre doch fantastisch, wenn wir für die eine oder andere ein neues Zuhause finden könnten, und würde diesen speziellen Tag noch besonderer machen."

Natürlich versprach ich, es draußen zu erwähnen, wollte ich doch ebenfalls, dass all die armen heimatlosen Kreaturen in eine Familie kamen. Allerdings gab es meiner Meinung nach nichts, das diesen Tag noch besonderer hätte machen können.

„Wir lassen es alle wissen", antwortete Charles, verschränkte seine Finger mit den meinen, hob dann unsere gemeinsamen Hände hoch und drückte mir einen Kuss auf den Handrücken.

„Ich wünschte, Nini wäre ebenfalls hier", sagte Grant wehmütig, der uns gefolgt war, und meinte damit seine Kaninchendame, die sein Ein und Alles war. „Aber wahrscheinlich würde es ihr gar nicht gefallen, mit all diesen Stubentigern abzuhängen."

Großmutter strich ihm liebevoll über den Rücken und legte ihren Kopf an seine Schulter, erwiderte aber nichts darauf.

„Als Erstes möchte ich sämtliche Hunde ausladen. Vielen Dank, dass ihr gekommen seid, aber das wars jetzt. Auf Wiedersehen!", ordnete Octocat von seinem Hochsitz aus an und fügte dann hinzu: „Außer Paisley natürlich. Die kann bleiben."

„Er verhält sich wieder mal wie ein richtiger Mistkerl, oder?“, flüsterte Großmutter mir ins Ohr, während Charles mir wissend die Hand drückte.

Ich musste mir das Lachen verbeißen. Ja, es waren schon besondere Menschen, mit denen ich mein Leben teilen durfte.

Nach unserem Hochzeitswalzer und einem kurzen Besuch auf der Katzenparty im Inneren des Hauses war es an der Zeit, das besondere Mittagessen zu genießen, das unsere Caterin Dana vorbereitet hatte. Charles und ich fütterten uns gegenseitig mit all den Leckerbissen und führten uns auf wie liebeskranke Narren.

Kurz vergewisserte ich mich, dass Frank seine vegane Mahlzeit schmeckte, deren Beschaffung uns ja einiges an Flexibilität abverlangt hatte. Er allerdings schien mit der Mischung aus Bohnen, Reis und Fajita-Gemüse sehr zufrieden zu sein. Als er bemerkte, wie ich zu ihm hinübersah, winkte er mir kurz verlegen zu und widmete sich dann wieder seinem Essen.

Ich ließ meinen Blick zum Waldrand wandern, um zu sehen, ob meine tierischen Freunde noch immer von ihren Verstecken aus zusahen, aber sie schienen sich allesamt verzogen zu haben. Ich musste mich unbedingt später bei ihnen für ihr Kommen bedanken, denn es bedeutete mir wirklich sehr viel.

Pringle hingegen war, auf meine Anweisung hin, den Feierlichkeiten ferngeblieben. Irgendwie fühlte ich mich schlecht, weil ich ihn ins Exil verbannt hatte, aber ich wollte einfach nicht riskieren, dass er uns noch irgendetwas versaute – ob nun absichtlich oder unbewusst. Großmutter war ja nach wie vor der Ansicht, dass er ein guter Kerl sei, und nach ihrer Vorstellung mit Octocat und seiner Kätzchenparty sollte mir eigentlich klar sein, dass sie die Tiere mindestens so gut verstand wie ich. Trotzdem wusste ich nicht, ob ich dem Waschbär jemals wieder wirklich vertrauen konnte.

„Alles in Ordnung?", erkundigte sich mein Ehemann, nachdem wir das Fischgericht gemeinsam vertilgt hatten.

Anstatt einer Antwort gab ich ihm einfach einen Kuss, was einer der Gäste mitbekam, direkt sein Glas erhob und uns anfeuerte. Natürlich fielen auch die anderen Anwesenden ein und forderten lautstark einen weiteren Kuss. Als ob ich dafür eine Aufforderung bräuchte ...

„Alles bestens", versicherte ich ihm und lehnte mich an ihn. „Ich musste nur gerade an Pringle denken."

Besorgnis machte sich in Charles' leuchtend grünen Augen breit. „Ich habe ihn schon ewig nicht mehr gesehen. Geht es ihm gut?"

„O Mann, dank deiner Mutter und ihrer altmodischen Traditionen bezüglich der Hochzeit hast du Etliches verpasst."

Er schmiegte seine Wange an die meine, in der Art, wie ich es bereits bei Octocat und Grizabella gesehen hatte. „Danke, dass du dich darauf eingelassen hast. Das bedeutet ihr sehr viel."

Ich lächelte ihn glücklich an. „Das war doch selbstverständlich. Allerdings gibt es so einiges, was ich dir erzählen muss, aber da uns ein gewisses Filmteam permanent am Hintern klebt, werde ich damit noch ein wenig warten müssen."

„Dann eben später", erwiderte er seinerseits mit einem Lächeln. „Schließlich haben wir noch den Rest unseres gemeinsamen Lebens vor uns."

„Meine Damen und Herren, verehrte Gäste ..."

Ich blickte auf und entdeckte Mags neben der Cellistin, die sich das Mikro von Mom zurückgeholt hatte. „Nur weil die Braut und der Bräutigam keine Rede gehalten haben, heißt das noch lange nicht, dass Sie sich nicht an meiner erfreuen dürfen. Buster, spiel das Band ab."

Wer in aller Welt war Buster? Egal, offensichtlich hatte er zugehört, denn wie aufs Stichwort baute jemand hinter ihr einen Projektor auf, und ein Film begann zu laufen. Er startete mit einen Foto von Charles und mir vor dem Altar, das dann in Hunderte kleine Schnipsel zerfiel, die ihn und mich sowohl zusammen als auch getrennt zeigten. Im Hintergrund lief dazu die Frank-Sinatra-Version von *My Funny Valentine*, aber selbst als die Musik endete, blinkten die Bilder auf dem Bildschirm weiter auf.

Mags ergriff erneut das Wort. „Ganz herzlichen Dank an Mama Longfellow, die die Fotos von Charles zur Verfügung gestellt hat, und an all die vielen anderen, von denen ich Schnappschüsse von Angie bekam. Das hier ist übrigens mein Favorit."

Alle lachten über das Bild von Mags und mir, wie wir mit roten Nasen und dampfendem heißen Kakao gegen die Kälte ankämpften. Aufgenommen wurde es damals auf dem Weihnachtsmarkt in der Innenstadt, auf dem kurz danach im Eisskulpturengarten zwei Menschen ermordet wurden. Aber dieses blutige Detail mussten wir den Gästen ja nicht unbedingt auf die Nase binden.

„Tante Linda kommt jetzt an eure Tische und übergibt jedem von euch ein Andenken an den heutigen Tag", verkündete sie als Nächstes. „Zeig ihnen doch mal, was es ist, Tantchen."

Maggies Großtante winkte kurz in die Runde und hielt dann eine wunderschöne Kerze in unseren Hochzeitsfarben hoch. Die untere Schicht war ein kräftiges Pink, die mittlere ein dezenter, weicherer Farbton, und die obere in Reinweiß gegossen. Überzogen war sie mit dekorativen Schnitzereien, aus deren Mitte ein großes, kursives *L* hervorstach. *L* für Longfellow. Das war ja jetzt mein Name. Verdammt, kaum zu glauben.

„Ich will unbedingt eine haben", kreischte ich, und meine Cousine verdrehte die Augen. „Keine Sorge, ich habe extra viele davon angefertigt. So könnt ihr jedes Jahr an eurem Hochzeitstag eine anzünden und euch an diesen speziellen Tag zurückerinnern. Ich liebe dich, Cousinchen."

Und dann verlor sie sich in Einzelheiten, wie sehr, und wie viel reicher ihr Leben geworden war, seit wir uns gefunden hatten. Auch Mom und Dad hielten Ansprachen, ebenso wie Charles' Eltern. Alle betonten, wie innig sie uns liebten, wie gut wir zusammenpassten und wie sehr sie uns ein glückliches Leben wünschten.

Sämtliche Reden berührten mein Herz, aber es war die von Großmutters frisch gebackenem Ehemann, Grant, die mir schließlich die Tränen in die Augen trieb. Er schnappte sich seine Braut, zog sie mit sich auf die Tanzfläche und hielt in einer Hand die ihre, in der anderen das Mikrofon. Obwohl seine Worte klar und deutlich zu uns herüberdrangen, waren sie eindeutig nur für sie bestimmt.

„Ich weiß, dass wir nicht mehr viele Jahre vor uns haben, aber ich freue mich darauf, jedes einzelne davon, jeden Tag, jede Minute, jede Sekunde, mit dir zu verbringen. Eigentlich dachte ich, es gäbe nichts mehr für mich, für das es sich zu leben lohnt, aber dann traf ich dich, und alles war plötzlich anders. Ich fühle mich wieder jung und bin so glücklich wie nie zuvor. Wer hätte gedacht, dass das goldene Alter uns die besten Jahre bescheren würde? Ich liebe dich mehr als alles auf der Welt, Dorothy Loretta Lee Gable, und daran wird sich nichts ändern, bis dieses alte Herz aufhört zu schlagen. Bis dahin allerdings wird jeder Schlag laut deinen Namen rufen, damit jeder weiß, wem es gehört. Meiner Frau. Meiner besten Freundin. Meinem Ein und Alles.“

Ich schwöre, spätestens nach diesem letzten Satz blieb kein Auge mehr trocken.

Die Cellistin begann wieder zu spielen und lud alle auf die Tanzfläche ein.

„So liebe ich dich ebenfalls", sagte Charles, bevor er mir einen weiteren Kuss gab.

„Und ich dich", antwortete ich und erwiderte seinen Kuss. Eines Tages würde ich das Gelübde, das ich nur für ihn verfasst hatte, mit ihm teilen, vielleicht sogar gleich morgen auf der langen Fahrt in unsere Flitterwochen.

Die waren nämlich ein Geschenk meiner Eltern … eine Woche in einem stattlichen alten Gemäuer im Herzen von Richmond, Virginia. Das schlossartige Herrenhaus verfügte über einen gigantischen Garten, der durch eine hohe Backsteinmauer vor neugierigen Blicken abgeschirmt war, und irgendwie hatten Mom und Dad es geschafft, das komplette Anwesen nur für uns beide zu buchen. Der Weg dorthin war zwar nicht ohne, aber Charles hatte anstatt des bequemen, kurzen Fluges auf einen Roadtrip bestanden. Also hatten wir uns bereits vor Wochen zusammengesetzt und jeden Halt auf der Strecke genauestens geplant, um unsere Reise zu einem wirklich unvergesslichen Erlebnis zu machen.

Allerdings würden wir erst morgen aufbrechen,

da wir planten, bis spät in die Nacht zu feiern. Bis zu unserer Rückkehr würden sich Großmutter und Grant um das Haus und die Tiere kümmern. Da Grandma ja keine Ahnung hatte, dass sie nach diesem Tag selbst verheiratet sein würde, hatte sie natürlich zugestimmt, mit ihrem eigenen Umzug noch einige Wochen zu warten.

Wieder einmal war ich hin- und hergerissen zwischen dem Moment, den ich gerade aus vollen Zügen genoss, und der Vorfreude auf alles, was noch kommen würde. Das waren Probleme, oder?

„Entschuldigung." Wir tanzten gerade zu einem weiteren mehr als fragwürdigen Song, den Grandma ausgewählt hatte, als jemand mich am Arm festhielt.

„Bitte nicht abklatschen. Ich bin noch nicht bereit, sie gehen zu lassen", murmelte Charles, ohne den Störenfried überhaupt nur anzusehen.

„Ich will nicht tanzen", sagte der andere Mann mit tiefer, fast bedrohlichen Stimme. „Ich möchte das, was mir zusteht, und ich gehe erst, wenn ich es bekommen habe."

18

ch hielt inne und wandte mich ihm schockiert zu, während Charles sich schützend vor mich stellte. Es dauerte eine Minute, bis ich unseren unfreundlichen Gast ohne seine Waren einordnen konnte, aber es handelte sich zweifellos um denselben Verkäufer, der gestern mehrere Fahrten unternommen hatte, um unseren riesigen Ballon-Baldachin aufzubauen.

„Entschuldigung, wie bitte?", fragte ich und blinzelte überrascht. Am Tag zuvor war er doch noch so liebenswürdig gewesen, wenn auch ein wenig verstört aufgrund meines störrischen Getues.

„Sie haben mich fast eine Stunde lang auf Ihrer Veranda warten lassen", schimpfte er. „Ich habe Ihnen klar und deutlich zu verstehen gegeben, dass ich direkt bezahlt werden müsste. Aber anstatt mir zu gestehen, dass Sie das Geld nicht haben, haben Sie mich einfach sitzen lassen."

„Was? Das stimmt doch gar nicht! Natürlich habe ich Sie bezahlt." Wie konnte er es wagen, einfach unangemeldet auf meiner Feier aufzutauchen und mich auf diese Weise zu beleidigen?

„Unterstehen Sie sich, so mit meiner Frau reden", mischte Charles sich ein und bedachte den Ballonverkäufer mit einem nicht minder feindlichen Blick. „Entweder Sie korrigieren Ihren Ton, oder Sie verschwinden."

Der Typ schnaubte auf, gab jedoch nicht klein bei. „Tja, Kumpel, Ihre Frau hat mir weder das Geld für meine Lieferung gegeben noch auf meine diversen Anrufe reagiert."

Ich schnappte nach Luft, und die Puzzleteile fügten sich zu einem Ganzen zusammen. „Sie waren das mit der unbekannten Nummer? Warum haben Sie denn keine Nachricht hinterlassen?"

„Ihr Anrufbeantworter war voll. Ich hatte nicht einmal die Möglichkeit dazu. Aber ich habe gute Arbeit geleistet und mir mein Geld redlich verdient. Und da Sie meine Zeit vergeudet haben, indem Sie mich zwangen, noch einmal hier rauszufahren, werde ich Ihnen zehn Prozent Säumniszuschlag auf die Gesamtsumme draufhauen. Und sollten Sie mich jetzt noch weiter hinzuhalten versuchen, werde ich Sie verklagen, dass Ihnen die Ohren wackeln."

Mein Anwalt-Ehemann zog anhand dieser ungebildeten Drohung verärgert die Augenbrauen hoch, aber ich legte ihm beschwichtigend eine Hand auf die Brust, um ihm anzudeuten, den Mund zu halten.

Dann ging ich in Gedanken noch einmal die Zeitlinie durch. Ich erinnerte mich, dass der Typ gestern zurückkam und um sein Geld bat. Also ging ich nach oben, um den Scheck zu holen und dann …

Zuerst kümmerte ich mich um Christines und dann um Octocats Bedürfnisse. Anschließend rief ich Charles an. Dann kam mir die Absage des Reverends dazwischen, und ich legte mich auf mein Bett und heulte …

Tatsächlich ging ich nicht mehr nach unten, um den armen Kerl zu entlohnen.

„Mensch, es tut mir so leid, bitte glauben Sie mir", jammerte ich, und die Miene des aggressiven Verkäufers wurde sofort weicher und seine Worte freundlicher.

„Ist schon gut", lenkte er ein. „Ich habe ja mitbekommen, dass Sie viel um die Ohren hatten, und weiß auch, wie das bei Hochzeiten so abläuft. Aber es ist Monatsende und ich brauche diesen Scheck, um meine Hypothek zahlen zu können. Das verstehen Sie doch sicher, oder?"

„Wie hoch ist die Rechnung?", mischte Charles sich nun doch ein und zog seufzend seine Brieftasche heraus. Nach wie vor schien er ziemlich aufgebracht über die Art und Weise, wie der Lieferant seine Schulden eintrieb.

Der Mann nannte ihm die Summe, und mein Ehemann drückte ihm ein Bündel Bargeld in die Hand. „Behalten Sie den Rest. Und nochmals Entschuldigung wegen der Unannehmlichkeiten."

„Vielen Dank. Und Ihnen beiden herzlichen Glückwunsch." Nun, da er bezahlt worden war, hatte Mr Helium es scheinbar eilig, wieder zu verschwinden.

„Wieso trägst du so viel Geld mit dir herum?", fragte ich verblüfft. Klar, dadurch blieb es mir erspart, ins Haus zu rennen und mein Scheckbuch zu holen, aber ein wenig verdächtig kam mir das schon vor.

Er zuckte mit den Schultern. „Einer meiner Kunden hat mich gestern in bar bezahlt. Erst wollte ich das Geld auf die Bank bringen, aber dann dachte ich mir, wir könnten es während unserer Flitterwochen direkt für all die üppigen Abendessen und Wellness-Behandlungen verwenden."

„Deine Gedankenzüge gefallen mir", sagte ich

und entspannte mich in seiner Umarmung, während wir unseren Tanz fortsetzten.

„Mmm" war seine einzige Antwort, als er seine Lippen auf meine Stirn presste. Wir wiegten uns noch eine Weile im Takt der Musik, bis sich erneut die Stimme meiner Cousine über die Menge erhob.

„Das habe ich euch bereits erklärt ... Ich habe keinerlei Interesse, bei eurer blöden Show mitzumachen!", brüllte sie die Filmcrew an, die sich dicht um sie drängte.

Sharon, die das gleiche Kleid trug wie bei ihrer gestrigen Ankunft, versuchte, sich dazwischenzudrängen und die Aufmerksamkeit wieder auf die Katze auf ihrem Arm zu lenken, aber niemand schenkte ihr Beachtung.

„Aber du bist lustig, mega attraktiv, machst die besten Kerzen, die mir je untergekommen sind und dazu auch noch überragende Videos!" Einer der Reality-TV-Typen ließ sich nicht abwimmeln. „Du könntest der größte Knaller werden seit *Keeping up with the Kardashians*!"

„Igitt, ich passe." Mags hob eine Hand, um ihr Gesicht zu verdecken, und der Ekel in ihrem Tonfall machte deutlich, was sie von der Sache hielt.

Charles griff nach meinem Arm und zog mich mit sich zu der dramatischen Szene, die sich weiter vorne auf der Tanzfläche abspielte. „Entschuldigen Sie, gibt es ein Problem? Ich bin der Anwalt von Miss McAllister. Gerne können wir diese Belästigung in einem formelleren Umfeld besprechen."

„Wir wollten gerade gehen", brummte einer der Männer, und wie von Zauberhand war die Crew verschwunden.

„Das tut mir so leid", sagte Sharon, und ihre Miene drückte aufrichtige Bestürzung aus. „Ich dachte, sie wären begeistert von der Vorstellung einer Hochzeit mit so vielen Katzen, aber anscheinend suchten sie nur nach Ideen für ihre nächste Show. Sie hatten nämlich gar nicht vor, Chessys Vertrag zu verlängern."

Ich legte ihr einen Arm um die Schultern. „Haben sie das gesagt?"

Sie nickte verdrossen. „Ja, heute Morgen, und seitdem behandeln sie mich wie Luft. Ich glaube sogar, dass sie Chessy nur noch deshalb filmen, um genug Material für ein ansprechendes Staffelfinale zusammenzubekommen, mit dem sie dann größere und berühmtere Stars für sich gewinnen können."

„Das tut mir so leid, aber in unseren Augen ist und bleibt Chester ein Star", versicherte ich ihr, und Charles und Mags nickten zustimmend.

„Soll ich euch beiden beibringen, wie man Kerzen

gießt?", bot meine Cousine großmütig an. „Wir könnten Videos davon drehen und sie auf meinem YouTube-Kanal einstellen. Ich habe nämlich inzwischen mehr als eine Million Follower."

Sharons Augen leuchteten auf. „Das ist nicht dein Ernst? Eine Million? Das ist viel mehr, als unsere kleine Fernsehshow je hatte. Ja, bitte, wir sind definitiv interessiert."

Es schien, als ob jeder, der sich einmal mit dem Virus namens Ruhm infiziert hatte, sich nie mehr davon erholte. Die Sharon, die ich vor der Show kennenlernen durfte, war so skurril und voller Leben gewesen. Die Person hingegen, die jetzt vor mir stand, war traurig, verzweifelt und auf der Suche nach Aufmerksamkeit. Blieb nur zu hoffen, dass sie, sobald sich die Aufregung ein wenig gelegt hatte, wieder zu ihrem normalen, fabelhaften Selbst zurückkehren würde.

Und ich würde weiterhin mein Bestes tun, um mich aus dem Rampenlicht herauszuhalten und mein Geheimnis zu wahren.

Etwas, das sich tief und nahe am Boden bewegte, erregte meine Aufmerksamkeit. Es war Octocat, der durch die Reihen schlich und gerade jemandem den Rest seines Fischfilets vom Teller gemopst hatte.

„Was machst du denn hier draußen?", fragte ich

in dem typischen singenden Tonfall, den ich benutzte, wenn ich so tat, als wäre ich ein ganz normaler Tierbesitzer.

Er kaute noch einmal und schluckte den Rest seiner Beute herunter. „Bräuchte dich mal drinnen", murmelte er und rannte los, absolut sicher, dass ich ihm folgen würde.

Ich winkte Charles zu, den ich auf der Tanzfläche zurückgelassen hatte, und er winkte zurück, obwohl er in ein Gespräch mit meinem ehemaligen Chef, Mr. Richard Fulton, vertieft zu sein schien. Der war vor Charles der Seniorpartner der Kanzlei gewesen, was bedeutete, dass die beiden sich heute zum ersten Mal trafen, und ich

fragte mich, worüber sie wohl redeten. Wahrscheinlich über allen möglichen rechtlichen Kram.

Zumindest war er beschäftigt, während ich nachsehen ging, was Octocat von mir wollte. Aus Erfahrung wusste ich, dass es besser war, ihn nicht warten zu lassen. Außerdem war ich ihm noch so Einiges schuldig, weil er mir geholfen hatte, die verschwundenen Ringe zu finden und die protestierenden Sphynx-Katzen während der Zeremonie zu bändigen.

Wieso nur kümmerte er sich nicht um seine frisch angetraute Katzenbraut Grizabella?

Nun, das würde ich wohl gleich herausfinden.

19

ch folgte Octocat ins Innere des Hauses und die Treppe hinauf. Zum Glück bemerkten Pearl und Gertie mich nicht, sodass ich mir keine armselige Erklärung einfallen lassen musste, warum ich hier drinnen herumschlich, während draußen der Bär tobte. Vor dem Gästezimmer, in dem Mags untergebracht war, hielt er inne.

„Wir haben uns durch die Tür unterhalten, aber du kannst ruhig reingehen", forderte er mich auf.

Vorsichtig ließ ich uns beide hinein und fand Jacques und Jillianne zusammengerollt und eng aneinander gekuschelt auf dem Bett vor.

„Was ist los?", fragte ich und ließ meinen Blick zwischen meinem Stubentiger und den haarlosen Katzen meines Mannes hin und her wandern.

Jacques stand auf und streckte sich, sodass eine Art Schwimmhaut zwischen seinen Zehen sichtbar wurde. Egal, wie oft ich diese schon gesehen hatten, fand ich sie jedes Mal faszinierend, fragte mich jedoch gleichzeitig, ob alle Katzen so etwas hatten. Also auch mein Octavius?

Der hüpfte zu den beiden aufs Bett, und so setzte ich mich ebenfalls.

„Also los, macht schon. Genauso, wie wir es besprochen haben!", knurrte er ungeduldig.

„Es gefällt mir nicht, dass ich deine Gefühle verletzt habe", setzte klein J an.

„Nicht so", korrigierte Octocat ihn mit einem ungeduldigen Schwanzschlag. „Sprich wie eine normale Katze oder halte den Mund."

Jillianne fauchte, um ihren kleinen Bruder zu verteidigen, aber mein Kater brachte sie mit einem weiteren strengen Blick schnell zum Schweigen.

„Es tut mir leid", wimmerte Jacques und klang erbärmlich. „Wir haben uns schlecht benommen."

Da seine Schwester weiterhin beharrlich schwieg, konzentrierte ich mich auf ihn. Jetzt, wo er nett zu mir war, fand ich ihn eigentlich sogar ziemlich niedlich. All diese Falten waren irgendwie entzückend, und die Tatsache, dass er einen leichten Flaum an Füßen und Ohren hatte, aber am restlichen Körper absolut haarlos war, besaß ebenfalls einen gewissen Charme.

„Es war schwer für uns, nach dem Tod der Senatorin wieder hierherzukommen. Wir fühlen uns immer noch schuldig an dem, was passiert ist, und wir vermissen sie sehr", fuhr er fort.

Bei ihrer früheren Besitzerin handelte es sich um Leiche Nummer eins, die nebenan im Nachbarhaus aufgetaucht war. Nachdem Octocat und ich den Fall lösen konnten, hatte Charles zugestimmt, den beiden Rassekatzen ein neues Zuhause zu geben, damit sie nicht Gefahr liefen, ins Tierheim gebracht und am Ende womöglich getrennt zu werden.

„Warum hasst ihr mich so?", fragte ich ihn direkt. Nach wie vor verstand ich nicht, was ich falsch gemacht hatte. Immerhin hatte ich ihre Unschuld bewiesen und war stets bemüht, eine Bindung zu ihnen aufzubauen.

Jacques schüttelte betroffen den Kopf. „Nein, das siehst du falsch. Wir hassen dich nicht, aber wir wollen einfach nicht, dass sich schon wieder etwas ändert. Der Umzug zu Charles fiel uns nicht leicht, aber irgendwann begannen wir, uns bei ihm heimisch zu fühlen. Jetzt wird erneut alles anders. Eine neue Familie, ein weiteres neues Haus. Wir haben einfach Angst."

„Das müsst ihr doch nicht. Und ihr könnt auch jederzeit zu mir kommen, wenn euch etwas bedrückt. Ich möchte, dass ihr hier glücklich seid, und will alles dafür tun, dass dem so ist."

„Habe ich es euch nicht gesagt?", trällerte Octocat mit einem zufriedenen Schmunzeln. „Sie mag nur ein Mensch sein, aber der beste, den ihr euch wünschen könntet."

Ich errötete vor Stolz. So eine offensichtliche Zuneigungsbekundung aus dem Mund meines Katers hatte Seltenheitswert. Heute hatte er es wirklich darauf angelegt, mich zu verwöhnen.

Ich streckte eine Hand nach Jacques aus, und er ließ sich, zufrieden schnurrend, darauf nieder. Irgendwie fühlte er sich wie ein warmer Pfirsich an, nicht wirklich unangenehm, aber auf jeden Fall auch nicht annähernd normal.

Octocat durchquerte das Bett und stupste Jillianne mit seiner Pfote an. „Jetzt du."

„Er hat doch schon alles gesagt. Was soll ich dem noch hinzufügen?", brummte sie.

Mein Kater schlug erneut zu, dieses Mal etwas heftiger und mit ausgefahrenen Krallen.

„Na schön", knurrte sie und stand ebenfalls auf. „Es tut mir leid. Alles, was Jacques angeführt hat, ist wahr, okay?"

„Und was noch?", drängte Octocat und schnippte ungehalten mit dem Schwanz.

Jillianne seufzte und murmelte etwas, das ich nicht ganz verstehen konnte.

Also packte er sie im Nacken und drehte sie auf den Rücken, wobei er sie mit seinen Zähnen und allen vier Beinen festhielt. „Wir können das auf die leichte oder auf die harte Tour machen", murmelte er, das Maul voller Katzenfleisch. „Wie es scheint, hast du dich für Letzteres entschieden."

Die schwarze Sphynx atmete schwer, ihre Augen waren weit aufgerissen.

„Tu es einfach, Jilly", bat ihr Bruder mit leiser Stimme. „Wir haben es ja schon auf die harte Art versucht, und es hat nicht funktioniert. Lass es einfach gut sein, ich bitte dich." Obwohl ich wusste, dass Jacques drei Jahre alt war, klang er wie ein Baby, als er sein älteres und viel schrulligeres Geschwisterchen anflehte.

„Ja, ist ja gut", zischte Jillianne. „Aber geh runter von mir."

Octocat hielt sie noch ein paar Sekunden fest, um seinen Standpunkt deutlich zu machen, ließ dann jedoch von ihr ab.

„Es tut mir leid wegen all der Dinge, die wir dir angetan haben", sagte sie tonlos.

„Und was genau war das?", fragte ich, obwohl ich bereits eine ziemlich genaue Vorstellung davon hatte.

„Wir haben eine Szene gemacht", begann sie mit gelangweilter Miene, die sich jedoch deutlich aufhellte, je mehr sie ins Detail ging. „Dich im Zimmer eingeschlossen. Die Ringe gestohlen. Und auch dein Kleid ruiniert."

Als ich hörte, wie sie meinen jüngsten Verdacht bestätigten, krampfte sich mir der Magen zusammen. Ich hatte dem armen Pringle Dinge unterstellt, für die er gar nicht verantwortlich war, ihn wie einen Verbrecher behandelt und ihm untersagt, am wichtigsten Tag meines Lebens teilzuhaben.

Anstatt nach dem *Warum* zu fragen – Jacques hatte das ja bereits erklärt – wollte ich wissen: „*Wie* habt ihr das alles angestellt?"

„Im Türschloss steckte ein Schlüssel", antwortete der Kleine erneut. „Jillianne warf mich nach oben und ich schaffte es, ihn mit meinen Sphyngern, also meinen Fingern, herumzudrehen, bevor ich wieder auf den Boden fiel."

Sphyngern. Aha. Jetzt, da sich die beiden endlich dazu herabließen, mit mir zu reden, musste ich mir wohl eine gänzlich neue Sprache aneignen.

„Die Dame, die gestern auf uns aufpassen sollte, war ziemlich abgelenkt, und so war es ein Kinderspiel, uns rein- und rauszuschleichen, ohne dass sie etwas davon mitbekam", fügte Jillianne hinzu und genoss ganz offensichtlich den Teil der Erzählung, der sie als Bösewicht enttarnte. „Die Ringe von der Kommode zu mopsen und in unserer Decke zu verstecken, war eine unserer leichtesten Übungen. Dann bekamen wir mit, wie du erst den Waschbären ins Haus einludst, dich dann aber extrem über ihn aufregtest. Da kam uns die Idee, ihn reinzulegen, und wir baten ihn, nachdem wir das Kleid zerstört hatten, erneut herein."

„Wie konntet ihr nur!", brüllte ich erbost, bevor mir einfiel, dass ich mich besser zurückhalten sollte, wenn ich nicht wollte, dass noch andere etwas von diesem geheimen Treffen mitbekamen.

„Es tut uns aufrichtig leid", versicherte mir Jacques erneut und rieb sich an meinem Arm. „Ab jetzt werden wir brav sein."

Seine Gefährtin verdrehte zwar die Augen, erwiderte aber nichts darauf.

„Ich weiß es zu schätzen, dass ihr mir all eure Missetaten gebeichtet habt, und eure Entschuldigung ebenso." Dann jedoch hielt ich inne und biss mir auf die Unterlippe. „Wären wir dann fertig hier? Da gibt es nämlich jemandem, bei dem *ich* mich dringend entschuldigen sollte."

„Gute Kätzchen“, sagte Octocat mit einem wohlwollenden Nicken. „Jetzt, da ihr euer Versprechen eingelöst habt, werde auch ich meinen Teil unserer Abmachung einhalten. Lasst mich euch zeigen, wo ihr euch den Fisch holen könnt.“

Ich öffnete die Tür und stand Grizabella gegenüber, die bereits wartend im Flur saß.

Die Sphynx-Katzen stürzten laut und aufgeregt miauend die Treppe hinunter, Octocat jedoch blieb zurück.

„Tausend Dank auch dafür“, flüsterte ich.

Er nickte erneut. „Gerne. Trotzdem müssen wir noch dieses ernsthafte Gespräch über unsere Zukunft führen.“

Ich holte tief Luft. Auf keinen Fall wollte ich ihm seinen großen Tag verderben, wo er doch so viel getan hatte, um den meinen zu retten. Aber die Kastration ließ sich nun leider mal nicht rückgängig machen, nicht einmal mit viel Zauberei und Magie.

Bevor ich jedoch etwas sagen konnte, fuhr er fort. „Wie gesagt, wir müssen uns unterhalten, aber das kann warten. Grizabella und ich haben noch den Rest unserer sieben Leben vor uns, und du und ich ebenso, Angela. Wir verschieben es bis nach deiner Rückkehr, okay? Jetzt genieße erst einmal deine Flitterwochen.“

Wieder einmal weinte ich große Tränen der Freude. Anscheinend wurde man zwangsläufig zu einem riesigen Softie, wenn man so richtig glücklich war.

20

„**G**ibst du mir Deckung, während ich Pringle in seinem Baumhaus einen kurzen Besuch abstatte?", flehte ich Mags an. Ich wusste zwar, dass sie die Aufmerksamkeit des Fernsehteams hasste, aber mir fiel gerade nichts anderes ein, wie ich es schaffen sollte, unbemerkt zu verschwinden und bei ihm um Wiedergutmachung zu bitten.

Sie stimmte widerwillig zu, und ich machte mich so unauffällig wie möglich auf den Weg.

Ich fand ihn in seinem Haupthaus – er besaß zwei von der Sorte –, den Kopf in die Ecke gelehnt, wo die beiden Wände aufeinandertrafen.

„Pringle?", flüsterte ich, nachdem ich die Leiter

hinaufgeklettert war, und ließ mich neben ihm auf dem Holzboden nieder.

Er wandte nicht einmal den Kopf, um mich anzusehen, schien aber zumindest bereit, mit mir zu reden. „Bitte verzeih mir. Ich war böse, habe dir deinen ganz besonderen Tag ruiniert und dir weh getan. Ausgerechnet dir, meiner allerbesten Freundin."

Seine Worte brachen mir beinahe das Herz. Ich war mir so sicher gewesen, dass er Alpha dabei half, meinen großen Tag zu sabotieren, dass ich ihn versehentlich selbst sabotiert hatte. So hatte ich vorsätzlich jemanden ausgeschlossen, den ich liebte, und würde nie mehr die Gelegenheit haben, ihn in die Erinnerung an unsere Zeremonie einzubeziehen. Dennoch bot sich mir jetzt die Chance, etwas Besonderes mit ihm zu machen – nur wir beide.

„Ich bin also deine beste Freundin?", fragte ich lächelnd und kreuzte meine Beine unter dem langen, wallenden Kleid.

„Natürlich bist du das", explodierte er buchstäblich und drehte sich endlich zu mir um. „Du hast schon so viel Schönes für mich getan ... mir meine Baumhäuser gebaut, meine Fernseher besorgt, mir Carla geschenkt und was weiß ich noch alles. Wir hatten stets großen Spaß miteinander, auch wenn ich manchmal alles verdarb, weil ich ein böser Waschbär bin."

Ich schüttelte energisch den Kopf. Wie konnte ich ihn nur jemals an diesen Punkt bringen, dass er so über sich dachte? „Du bist kein böser Waschbär, aber ich war eine schlechte Freundin. Bitte verzeih mir, Irgendwie war ich davon überzeugt, dass Alpha dich benutzen würde, um an mich heranzukommen. Als er dir dabei half, den Anonymen Alkoholikern beizutreten, so kurz nachdem er gedroht hatte, die Hochzeit platzen zu lassen, war ich mir sicher, dass du ein Teil seines perfiden Plans bist."

Pringle kroch auf allen Vieren aus seiner Ecke und legte den Kopf schief. „Wer ist Alpha? Ich kenne keinen Alpha."

„Du hast mir doch selbst gesagt, dass er dir diesen Vorschlag unterbreitet hat. Erinnerst du dich nicht mehr?"

„Oh, dann muss ich mich damals falsch ausgedrückt haben. Es war nicht Alpha, aber auch ein Typ mit einem militärischen Namen. Der, der immer mit seiner Tochter vorbeikommt, Abigull, nicht wahr? Weißt du noch, wie ich sie gerettet und den Fall aufgeklärt habe? Das war eine meiner Sternstunden." Er starrte in die Ferne, als wolle er den glorreichen Moment erneut heraufbeschwören.

„Du hattest viele davon", versicherte ich ihm, konnte aber kaum glauben, was er mir da soeben offenbarte. „Aber noch mal ... Willst du damit ausdrücken, dass es Bravo war, der dir half, und nicht dieser Alpha?"

„Wie gesagt, ich kenne niemanden, der so heißt. Oder doch, warte! War er nicht der Typ, der Abigulls Schwarm niedergemetzelt hatte? Wenn ja, dann bekommt er definitiv keinen Zutritt zu unserem Garten. Und sollte ich ihn trotzdem irgendwo entdeckten, werde ich ihn auf der Stelle verjagen – oder mit Carla erschießen!" Carla war seine Nerf-Gun, mit der er immer wieder Ärger verursachte. Als echte Waffe ging sie eigentlich nicht durch, aber ich fand seine Überlegungen, wie er mich beschützen wollte, trotzdem goldig. Dennoch war es unglaublich, dass all meine Paranoia auf eine einfache Namensverwechslung zurückzuführen war. Ich hätte es besser wissen und sowohl ihm als auch Großmutter vertrauen sollen, die von Anfang an überzeugt war, dass er keine Schuld trug.

„Kannst du mir jemals verzeihen, Pringle?", fragte ich, unsicher, ob er mir tatsächlich eine zweite Chance geben würde.

„Natürlich verzeihe ich dir!", rief er fröhlich aus und stellte sich auf die Hinterbeine. „Ich war nie böse auf dich, lediglich meine Gefühle waren etwas verletzt, weil ich annahm, wir wären keine besten Freunde mehr."

Ich streckte ihm die Handfläche entgegen, und der kleine Waschbär gab mir High Five. „Doch, das sind wir noch immer, und hoffentlich wirst du mir eines Tages mehr über dein Zwölf-Schritte Programm erzählen, und wie du es umsetzt. Vielleicht sollte ich mir ein oder zwei Seiten aus deinem Buch einverleiben und zu Herzen nehmen."

Er sprang auf und huschte in die andere Ecke seiner Festung. „Welches Buch? Das hier, das ich vor ein paar Wochen im Müll gefunden habe?" Er hielt ein Exemplar mit einem blauen Einband in die Höhe, in dessen Mitte in großen Lettern der Titel *Merlin findet eine Vertraute* prangte. „Ernsthaft, wer bitte würde so ein Prachtwerk denn wegwerfen? Sieh dir doch nur das großartige Cover an. Wenn du willst, kannst du es dir gerne ausleihen."

„Haha, danke", sagte ich und nahm es an mich. Ich war mir zwar nicht sicher, wie viel Zeit ich während meiner Flitterwochen für so etwas wie Lesen erübrigen könnte, aber spätestens danach. Dann jedoch kam mir eine noch wesentlich bessere Idee. „Wie wäre es, wenn ich es dir nach meiner

Rückkehr vorlese, und wir genießen die Geschichte gemeinsam?"

Er klatschte vor Freude in die Hände und bedachte mich mit einem beinahe typisch treuen Hundeblick. „Was? Wirklich? Das würdest du tun?"

„Nur zu gerne. Und wie es scheint, sind die Kapitel auch nicht allzu lang. Wir könnten also direkt mit dem ersten anfangen, wenn du möchtest."

Sein spitzes Lächeln wurde breiter, aber er schüttelte entschieden den Kopf. „Nein, ganz sicher nicht. Heute ist dein großer Tag. Außerdem musst du noch mein Geschenk auspacken!"

„Dein Gesch ..." Ich hielt inne. „Ich glaube, ich habe es auf dem Tisch liegen sehen. Es war doch in, äh ... Zeitungspapier eingewickelt, oder?"

Er nickte zustimmend. „Richtig. Was meinst du? Kannst du es gleich öffnen?"

„Leider sind heute viele Leute anwesend, die nicht wissen dürfen, dass wir beide miteinander sprechen können. Von daher wäre das zu gefährlich. Aber warum sagst du mir nicht einfach, was sich in dem Päckchen befindet?", schlug ich vor. Das letzte Geschenk, das er mir gemacht hatte, war ein Diamantring gewesen, von daher konnte es alles Mögliche sein.

Er hüpfte vor Aufregung auf und ab. „Gerne,

denn ich kann einfach nicht länger warten. Es war eh schon so schwer, es vor dir geheimzuhalten, liebste Freundin.“

Seine Begeisterung brachte mich zum Lachen. Es fühlte sich verdammt gut an, hier mit ihm zu sitzen und all meine Zweifel und Sorgen hinter mir zu lassen. Und obwohl ich mich ihm gegenüber so gemein verhalten hatte, schien er es mir wirklich nicht nachzutragen. Alles, was er sich von mir wünschte, war meine Zuneigung. Tiere waren doch die besseren Menschen.

„Erzähl schon“, forderte ich ihn auf und wusste, dass ich mich über alles freuen würde, was er für mich besorgt hatte, da es aus seinem tiefsten, pelzigen kleinen Herzen kam.

„Es ist mein Namensvetter“, rief er aus.

Ich bemühte mich um einen neutralen Gesichtsausdruck, während ich versuchte, seine Worte zu enträtseln. „Eine Dose Pringles?“, mutmaßte ich.

„Nicht nur *eine* Dose, sondern *die* Dose Pringles schlechthin. Ich wurde nämlich sozusagen darin geboren. Meine Mutter hatte sie gerade aus dem Müll gefischt, als sie spürte, wie meine beiden Schwestern und ich auf die Welt drängten. Also schnappte sie sich das Teil und rannte in den Wald, schaffte es aber nicht mehr rechtzeitig zurück in die Höhle. Sie bekam uns irgendwo unterwegs, aber dann packte sie uns dort hinein und trug uns sicher nach Hause.“

„Pringle“, keuchte ich auf, und meine Augen wurden feucht. „Das ist eine wunderschöne Geschichte. Aber bist du sicher, dass du mir etwas so Wichtiges schenken willst?“

„Mehr als sicher! Meine Mutter weilt leider nicht mehr unter uns, aber an dem Tag, nachdem sie und meine Schwestern von dem rasenden Auto überfahren wurden, entdeckte ich das Loch unter deiner Veranda und zog dort ein. Ich war so traurig und vermisste sie furchtbar, aber dann traf ich dich und wurde wieder glücklich.“

„Ich bin froh, dass du es entdeckt hast“, bestätigte ich ihm unter Tränen, sowohl aufgrund der liebevollen Geste als auch der Tragik seines Schicksals. Das war mir neu, aber jetzt, da ich darüber Bescheid wusste, glaubte ich, ihn ein wenig besser verstehen zu können. Und ich beschloss, mich zukünftig noch mehr anzustrengen, um ihm zu beweisen, dass ich des von ihm verliehenen Titels würdig war:

Beste Freundin.

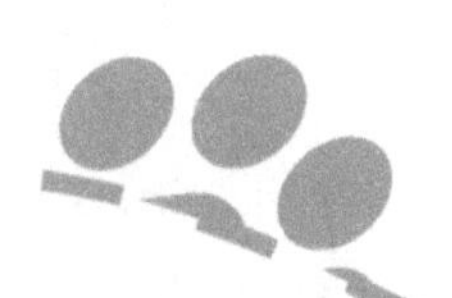

EPILOG

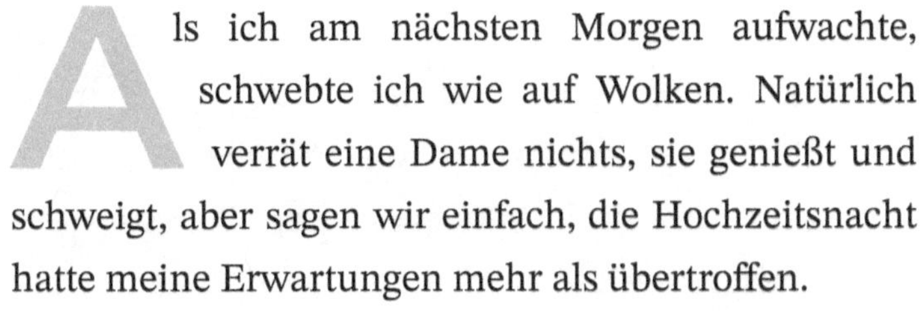

Als ich am nächsten Morgen aufwachte, schwebte ich wie auf Wolken. Natürlich verrät eine Dame nichts, sie genießt und schweigt, aber sagen wir einfach, die Hochzeitsnacht hatte meine Erwartungen mehr als übertroffen.

Ich war mehr denn je in meinen Mann verliebt und konnte es kaum erwarten, die nächsten zehn Tage mit ihm zu verbringen und, frei von beruflichen und familiären Verpflichtungen, unser neues gemeinsames Leben zu beginnen.

Die letzte Nacht hatten wir in seinem Haus verbracht, um etwas Privatsphäre zu genießen, aber vor dem offiziellen Aufbruch in die Flitterwochen wollte ich natürlich noch bei mir vorbeischauen, um mich von jedem meiner Lieben zu verabschieden.

Alle waren schon auf den Beinen und warteten begierig darauf, mir all die wunderbaren Fotos zu zeigen, die sie am Vortag geschossen hatten. Darauf freute ich mich natürlich ebenfalls, aber das würde warten müssen. Mindestens noch zehn Tage.

„Ich liebe euch", versicherte ich der kleinen Truppe, bestehend aus Großmutter, Grant, Oma Lyn, Mom, Dad, Mags, Sharon und Christine, fünf überwiegend glücklichen Katzen und einem sehr aufgeregten kleinen Hund, „aber das müssen wir bis nach meiner Rückkehr verschieben. Bis dahin, tschüss allerseits."

Charles hob mich hoch und trug mich über die Schwelle – allerdings in die falsche Richtung, nämlich wieder nach draußen. Auf der Beifahrerseite seines Wagens setzte er mich ab und öffnete mir mit einer ausladenden, ritterlichen Geste die Tür. „Meine Dame."

Ich kicherte, stieg ein und legte den Sicherheitsgurt an.

Mein Mann startete das Auto, und alle versammelten sich auf der Veranda, um uns zum Abschied zuzuwinken. Sogar Paisley hob ihr kleines Pfötchen, natürlich mit Grandmas Hilfe. Und das allerbeste war: Ich entdeckte Pringle, der sich hinter dem Haus versteckt hatte, wie er auf und ab sprang und mit beiden Armen wedelte.

„Sollen wir, Mrs Longfellow?", fragte mein Mann, und ein riesiges Grinsen machte sich auf seinem attraktiven Gesicht breit.

„Ja, Mr Longfellow, lass uns los ... ey, was soll das denn?", schrie ich überrascht auf, als ein gigantischer weißer Fleck auf der Windschutzscheibe landete.

Schnell schnallte ich mich ab, öffnete die Tür und stürzte hinaus, gerade noch rechtzeitig, um einen weißen Blitz über dem Dach davonfliegen zu sehen. „Hahaha", krächzte Alpha siegessicher aus der Ferne, bevor er endgültig verschwand. „Volltreffer!"

Tja ... so wie es aussah, hatte er seine Rache doch noch bekommen ...

** Wie geht es weiter?
Finde es schnell heraus ... **

Der Fluch der Flitterwochen ist jetzt erhältlich.

** Sichere dir noch heute dein Exemplar, damit du direkt mit der Fortsetzung dieser verrückten Krimiserie weiterlesen kannst! **

* * *

Und vergiss nicht, dich in Mollys Liste einzutragen, damit du über alle Neuerscheinungen, monatlich stattfindende Verlosungen und weitere coole Aktionen (einschließlich jeder Menge Katzenfotos) informiert bleibst.

**Hole dir noch heute dein persönliches Exemplar und fange direkt an zu lesen.
Katzengeheimnisse.com/abonnieren**

MEHR BÜCHER ZUM LESEN

Das historische alte Herrenhaus aus Sandstein, das Charles und ich für unsere einwöchigen Flitterwochen gebucht haben, scheint einem Märchen entsprungen zu sein.

Das heißt, bis es anfängt, auseinanderzufallen … *und das im wahrsten Sinne des Wortes.* Bereits in unserer ersten Nacht bricht das Treppenhaus direkt unter meinem armen Mann zusammen, und es grenzt schon fast an ein Wunder, dass er sich nicht ernsthaft verletzt hat.

Ich schlage vor, dass wir uns eine andere Unterkunft suchen, aber Charles versichert mir, dass es ihm gutgeht und er die Woche hier irgendwie überstehen wird. Und als wir dann auch noch im Garten über ein herrenloses Kätzchen stolpern, das verzweifelt nach seiner verschwundenen Mama ruft, hat sich das mit dem Quartierwechsel vorerst eh erledigt.

Wir können das Kleine nicht einfach zurücklassen, jedoch genauso wenig hierbleiben, vor allem nicht, weil tödliche Gerüchte die Runde machen. War das, was Charles passiert ist, wirklich ein Unfall? Ist er das eigentliche Ziel, oder …?

Es wird Zeit, die Mutter des Kätzchens zu finden und zu verschwinden. Ich habe gerade erst geheiratet und bin definitiv nicht bereit, jetzt schon Witwe zu werden!

Hole dir noch heute dein persönliches Exemplar und fange direkt an zu lesen.

Viel Spaß!

KURZE VORSCHAU
DER FLUCH DER FLITTERWOCHEN

Mein Name ist Angie Longfellow. Ja, seit vorgestern ist es offiziell ... Ich bin eine verheiratete Frau, die sich mit ihrem frisch angetrauten Ehemann an ihrer Seite auf dem Weg in die Luxusflitterwochen befindet.

Irgendwie kann ich es immer noch nicht fassen, dass ich tatsächlich Ja gesagt habe.

Diese Hochzeit war wahrscheinlich die normalste Sache, die ich je in meinem Leben getan habe, fühlt sich aber gleichzeitig wie das größte Abenteuer an.

Und das will schon etwas heißen, wenn man bedenkt, dass ich aufgrund meiner Unentschlossenheit, was meine berufliche Laufbahn anbelangte, sieben akademische Abschlüsse erwarb, meine eigene Privatdetektei gründete und heimlich mit Tieren spreche.

Ihr wundert euch über den letzten Teil dieser Aussage? Okay, lasst es mich erklären …

Alles begann mit einer Testamentseröffnung in der Anwaltskanzlei, in der ich damals als eine Art Fachangestellte arbeitete – derselben Kanzlei übrigens, in der ich meinen zukünftigen Mann kennenlernte. Aber ich schweife schon wieder ab …

Als bessere Hilfskraft war es meine Aufgabe, stets für frischen Kaffee zu sorgen. Die Partner hatten seit geraumer Zeit keine neuen Geräte mehr angeschafft und besagte Kaffeemaschine von daher schon etliche Jahre auf dem Buckel. Als ich sie einzuschalten versuchte, verpasste das verdammte Ding mir einen Stromschlag, und ich wurde ohnmächtig.

Kaum dass ich wieder zu mir gekommen war, stieg mir der Geruch von Thunfisch in die Nase, und jemand redete mit äußerst herablassender Stimme auf mich ein. Damals wusste ich noch nicht, dass es sich bei dem Sprecher um Octavius handelte, den über alles geliebten Kater der Verstorbenen. Er erzählte mir, dass seine Besitzerin ermordet worden sei und zwang mich mehr oder weniger dazu, ihm bei der Aufklärung des Verbrechens zu helfen, um Gerechtigkeit für die alte Dame zu erlangen.

Wer von euch Katzen ebenso gut kennt wie ich, weiß, dass ein Nein in deren Wortschatz nicht existiert. Octavius stellt da keine Ausnahme dar. Also musste ich mich wohl oder übel in mein Schicksal fügen, und gemeinsam mit ihm löste ich den Fall. Tja, soll ich sagen ... wir wurden Freunde. Daraufhin bat der Nachlassverwalter des Anwesens mich, den kleinen Kerl doch zu adoptieren und ich willigte freudig ein, noch bevor ich wusste, dass sein Frauchen ihm einen großzügigen Treuhandfonds hinterlassen hatte.

Und so zogen Octocat – so nannte ich ihn fortan, weil sein richtiger Name ein wahrer Zungenbrecher war – und ich, auf seinen Wunsch hin, in das villenartige Herrenhaus seiner ehemaligen Besitzerin ein. Wir wurden zudem auch noch Partner im Verbrechen ... oder besser gesagt, Partner im Aufklären von Verbrechen. Ja, stellt euch vor, mittlerweile leiten wir unsere eigene Privatdetektei. Zwar sind wir uns nicht immer einig, was die Vorgehensweise anbelangt, aber irgendwie bekommen wir den Job stets gebacken.

Und dank meiner seltsamen Fähigkeit, mit Tieren sprechen zu können, habe ich dann auch meinen frisch gebackenen Ehemann kennengelernt. Er bekam nämlich zufällig mit, wie ich mich im Büro über FaceTime mit meinem Kater unterhielt und nutzte dieses neu gewonnene Wissen, um mich zu erpressen. Ich sollte ihm bei seinem aktuellen schwierigen Fall zu helfen.

Ehrlich gesagt, er hätte mich auch einfach nur höflich zu bitten brauchen. Ich war damals schon heftig in ihn verknallt und hätte eh jede Gelegenheit genutzt, um mehr Zeit mit ihm verbringen zu können. Und Zeit haben wir jetzt auf unserer langen zweitägigen Fahrt von Maine nach Virginia reichlich.

Meine Mom und mein Dad hatten für uns extra eine wunderschöne Privatvilla gebucht, die wir eine Woche lang ganz für uns allein haben würden, um die Ära unseres neuen Eheglücks einzuläuten. Es war derselbe Ort, an dem auch sie schon vor über dreißig Jahren ihre Flitterwochen verbrachten, was mir ein gutes Zeichen zu sein schien, denn die beiden waren nach wie vor wahnsinnig ineinander verliebt.

Natürlich werde ich all meine Lieben, die ich in diesen paar Tagen zu Hause zurücklassen musste, wahnsinnig vermissen, weiß aber auch, dass sie bei Grandma in besten Händen sind. Und die kann zum Glück all das Gemurre und Gemaule, mit dem Octocat sowie Jacques und Jillianne, Charles' Nacktkatzen, sie mit Sicherheit bombardieren werden, nicht verstehen. Allein ist sie ebenfalls nicht. Gesellschaft leisten ihr der süße kleine Hund Paisley, den sie aus dem Tierheim gerettet hat, sowie ihr frisch angetrauter Überraschungsehemann Grant samt seines Kaninchens Nini. Full House, würde ich sagen.

Trotzdem werde ich bestimmt mindestens einmal am Tag anrufen, um als Übersetzer und Vermittler zu fungieren, obwohl meine kämpferische Großmutter mit Sicherheit auch allein mit allem klarkommt ... vorausgesetzt, unser weiterer Mitbewohner, ein Waschbär namens Pringle, führt sich anständig auf. In letzter Zeit hat er mit Hilfe eines bestimmten Zwölf-Schritte-Programms ein neues Kapitel in Sachen gutes Benehmen aufgeschlagen, und kürzlich haben wir sogar einen sehr herzlichen Moment der Verbundenheit geteilt. Leider gibt er seiner Neigung, zu tratschen und zu stehlen, immer noch viel zu oft nach.

Aber nein, das wird schon.

Ich sollte aufhören, mir Gedanken über all diejenigen zu machen, die wir in Maine zurückgelassen haben, und mich auf die wunderbare Zeit in Virginia konzentrieren, die vor mir liegt. Es sind meine Flitterwochen, und mein Mann verdient meine volle Aufmerksamkeit. Und mir wird diese kleine Pause von all dem häuslichen Drama und Chaos bestimmt ebenfalls gut tun. Nach meiner Rückkehr ist immer noch Zeit, sich um sämtliche Baustellen zu kümmern.

Jetzt dreht sich alles nur um mein neues Leben als frischgebackene Ehefrau.

* * *

„Schau dir nur diese Bäume an", staunte ich und deutete aus dem Seitenfenster, als Charles und ich uns unserem Ziel näherten. Nur noch eine knappe Stunde bis zu der alten herrschaftlichen Villa, in der wir die nächsten Tage verbringen würden, und ich war ganz hibbelig vor Aufregung. „Sie bereiten sich auf den Herbst vor."

„Bis dahin dauert es aber noch eine ganze Weile", entgegnete er, während er am Radio herumfummelte.

Ich schüttelte den Kopf und zeigte erneut auf die Farbenpracht. „Nein, das ist eine völlig andere Sorte Gehölz. Solche Bäume gibt es bei uns in der Blueberry Bay überhaupt nicht."

„Touché." Er lachte. „Ich werde es dir überlassen, die Wälder *und* Bäume zu identifizieren."

„Vergiss es, die Detektivin hat Urlaub." Ich lachte ebenfalls. „Keine Schnüffeleien diese Woche, versprochen."

Ich griff nach seiner Hand, die sich noch immer

am Radio zu schaffen machte – die andere lag natürlich auf dem Lenkrad – und versprach: „In den nächsten sieben Tagen geht es nur um dich und mich, und um nichts anderes.“

„Die Idee gefällt mir“, sagte er in einem zweideutigen Tonfall, hob unsere verschränkten Hände an seine Lippen und drückte mir einen Kuss auf den Handrücken. „Gleich haben wir es geschafft. In weniger als fünfzig Kilometern kommt eine Abzweigung, und von dort aus sollte es nur noch ein Katzensprung bis zu unserem kleinen Paradies sein.“

„Was werden wir nach unserer Ankunft als Erstes tun?“

„Das ist doch wohl keine Frage, Mrs Longfellow.“ Er zwinkerte mir verschwörerisch zu und richtete dann den Blick wieder auf die Straße.

Hitze stieg mir in die Wangen. Ich war noch nicht wirklich mit der Rolle der Ehefrau und all ihren Feinheiten vertraut, und über gewisse Dinge offen zu reden, war mir irgendwie peinlich.

Also lenkte ich das Gespräch in eine weniger verfängliche Richtung. „Ich meine *danach*? Ich habe schon mal auf Trip Advisor recherchiert. Hier in der Gegend bieten sie jede Menge historische Führungen an, zudem gibt es ein paar wirkliche nette Restaurants, und ...“

Charles drückte meine Hand. „Wir sind in den Flitterwochen, Angie. Lass uns die Tage nicht mit irgendwelchen Besichtigungen und Ausflügen vollstopfen, sondern einfach entspannen und die Gesellschaft des jeweils anderen genießen."

Ich rutschte auf meinem Sitz hin und her. „Entspannen, genau. Das kriege ich hin."

Er lachte gutmütig auf. „Natürlich kriegst du das hin. Wenn sich sogar dein arbeitssüchtiger Ehemann vom Job loseisen kann, sollte dir das auch gelingen."

„Richtig", sagte ich und nickte so heftig mit dem Kopf, dass wir beide kichern mussten. „Diese Woche geht es nur um uns, aber könnten wir trotzdem einige der lokalen Restaurants ausprobieren? Ich kann es kaum erwarten, wenigstens einmal diese typischen Südstaaten-Käsebrötchen mit Hacksauce zu probieren."

„Natürlich! Sogar jeden Tag, wenn du möchtest. Wir brauchen ja etwas Herzhaftes, um bei Kräften zu bleiben zwischen … na ja, du weißt schon."

Bei dieser Andeutung errötete ich erneut, und meine Wangen glühten förmlich.

„Oh, Angie Longfellow, ich liebe dich. Versprich mir, dass du dich nie ändern wirst", sagte mein Mann, bevor er meine Hand losließ und mir liebevoll über die Schulter strich.

Nie ändern? Kurzzeitig sollte das funktionieren, aber könnte ich es eine komplette Woche lang durchhalten?

Tja, ich schätze, das wird sich zeigen.

Hole dir noch heute dein persönliches Exemplar und fange direkt an zu lesen.

ÜBER MOLLY FITZ

Obwohl USA-Today-Bestsellerautorin Molly Fitz genau genommen nicht mit Tieren sprechen kann, führen sie und ihre drei tierischen Co-Autoren oft tiefgründige und lebhafte Gespräche, während sie den alltäglichen Dingen des Lebens nachgehen.

Molly lebt mit ihrem Kind und ihrem eigenen Privatzoo irgendwo in der Wildnis von Alaska. Gelegentlich wagt sie sich hinaus, um ein exquisites Essen zu genießen, einen guten Kaffee zu trinken oder neue Tierfreunde zu treffen.

Erfahre mehr über Molly und ihre deutschen Veröffentlichungen, indem du dich gleich für ihren Newsletter anmeldest:

www.katzengeheimnisse.com

MISS DOLITTLES GEHEIMNIS

Angie Russo hat sich gerade mit dem ersten sprechenden Katzendetektiv von Blueberry Bay zusammengetan. Gemeinsam mit seiner bunt zusammengewürfelten Schar menschlicher und tierischer Helfer ist Octocat fest entschlossen, jede Situation zu retten – solange sie nicht mit seinem persönlichen Zeitplan kollidiert.

Viel Spaß mit Band 1 – **Kommissar Katerchen**

MERLINS MAGISCHE ABENTEUER

Gracie Springs ist keine Hexe … ihr Kater hingegen schon. Jetzt muss sie alles in ihrer Macht Stehende tun, um sein Geheimnis zu wahren, oder sie riskiert, den Rest ihres Lebens in einem magischen Gefängnis zu verbringen. Zu dumm, dass sie den Ärger geradezu magnetisch anzuziehen scheint!

Viel Spaß mit Band 1 – **Merlin findet eine Vertraute**

AGENTUR FÜR PARANORMALE ZEITARBEIT

Tawny Bigfords gewöhnlich zu nennendes Leben nimmt eine magische Wendung, als sie über die Leiche ihrer Vermieterin stolpert und von einer sprechenden schwarzen Katze rekrutiert wird, die Rolle der Verstorbenen als offizielle Stadthexe von Beech Grove, Georgia, zu übernehmen.

Viel Spaß mit Band 1 – **Eine Hexe für alle Gelegenheiten**

DAS GEISTERHAFTE GÄSTEHAUS (MIT TRIXIE SILVERTALE)

Sydney Coleman hat alles erreicht – und doch steht sie irgendwann vor dem Nichts. Gerade, als sie ihr neues Bed and Breakfast eröffnen will, stellt sich ihr ein Geistertrio auf Schritt und Tritt in den Weg. Die Geister bestehen darauf, dass sie den Mord an ihrer Herrin aufklärt, aber Sydney braucht dringend Geld. Wenn nicht bald ein paar zahlende Gäste eintreffen, ist ihre Spukvilla dem Untergang geweiht.

Viel Spaß mit Band 1 – *Mörderischer Mondschein*

VERBINDE DICH MIT MOLLY

Wenn du ebenfalls ein großer Fan von spannenden, schrägen Tierkrimis bist, sollten wir unbedingt Freunde werden.

Wie wäre es, wenn du direkt einmal meine Facebook-Seite besuchst, die ich speziell für meine treuen deutschen Leser eingerichtet habe? Hier der Link dazu:

Facebook.com/Katzengeheimnisse

Oder melde dich für meinen Newsletter an und sichere dir als Abonnent gratis ein digitales Geschenkpaket, einschließlich einer exklusiven Kurzgeschichte über Octocat:

Katzengeheimnisse.com/Abonnieren